さらば越前海岸

西村京太郎

双葉文庫

目次

十津川警部
さらば越前海岸

第一章　北からの電話

1

早川《はやかわ》は、受話器を握ったまま、一瞬、言葉を失っていた。

電話の向こうで、男の声が、しきりに、

「早川さん、きこえましたか？　こちらのいったこと、わかりましたか？　もしもし、早川さん？」

と、きいている。

それでも、早川はまだ、何もいわず、黙ったままだった。

「あなた、どうしたんですか？」

妻の敬子《けいこ》が、心配そうな顔で、きいてくる。

「啓介《けいすけ》が死んだ」

早川は、妻に向かって、ぼそっと、いった。

「啓介が死んだ？　あなたは、いったい、何のことをいっているんですか？」

と、敬子が、いう。

その顔が、歪んでいる。

早川は、急に、誰に対しても、無性に腹が立ってきて、怒鳴った。

「死んだんだよ。啓介が、死んだんだ。今、警察から、電話があった」

電話の声は、まだきこえている。

「早川さん、大丈夫ですか？　おわかりになったんですか？」

「ええ、わかりました」

「それでは、すぐこちらに、こられますか？」

「いや、明日の朝早く、そちらに向かいます。あわら警察署でいいんですね？」

「そうです。お待ちしています。くれぐれもお気をつけて」

と、相手は、電話を切った。

電話は切れたが、早川は、受話器を置くのを忘れていた。

「あなた」

と、敬子が、声をかける。

「本当に、啓介が死んだんですか？　間違いないんですか？」

「ああ、今、あわら警察署から、電話があったんだ。越前《えちぜん》の海に、啓介の死体が浮かんでいたそうだ」

「本当に、啓介なんですか？」

「死体の上着のポケットに、運転免許証が入っていたというから、啓介と思うより仕方がない。とにかく、明日の朝早く、向こうにいって確認してくる」

早川の口調は、相変わらず怒っているかのようだった。

「私も、一緒にいきたいんですけど」

と、敬子が、いう。

「おまえは、家にいなさい」

と、早川が、いった。

娘の晴美《はるみ》は、現在二十歳。女子大生だが、高校時代の、自動車事故によって左半身が不随で、障がい等級二級である。その娘を、家に残して、妻の敬子と一緒に、越前にいくわけにはいかない。

「ひとりでいってくる」

と、早川は、もう一度、怒ったような口調で、いった。

2

翌日の朝早く、早川は家を出た。

新幹線で、米原《まいばら》までいき、米原から北陸《ほくりく》本線で、芦原温泉《あわらおんせん》に、向かった。

列車のなかでも、早川の頭は、混乱したままだった。ただ一つ、向こうの警察署の刑事がいった「息子さんの早川啓介さんが、溺死体で発見されました」という言葉だけが、まだ早川の頭のなかに、残っている。

しかし、あとのことは、わからないし、考えられもしない。

早川雄介《ゆうすけ》、五十九歳。昭和精密機械株式会社の、エンジニアである。息子の啓介、三十歳も、同じ会社に、勤務していた。

父親の早川のほうは、すでに、定年を一年後に控え、さほど重要な仕事は任されていない。

それに比べて、三十歳の息子のほうは、最近、会社から、人型《ひとがた》ロボットの研究を任されて、十人の若いエンジニアを使って、日本一の人型ロボットの製作を、期待されている。現在、多くの会社が、人型ロボットの研究をし、競争になっているからである。

人一倍、責任感の強かった啓介は、ともすれば、その期待に押し潰されそうになって、最近、精神的に、疲れ切っているのが誰の目にも、見てとれた。

そこで、啓介は、一週間の休暇を会社からもらい、四日前に、大学時代によく旅行したという、越前海岸を歩いてくるといって、出かけたのである。それが今、地元の警察署から、啓介が死んだとしらされた。それも、越前の海で、溺死体になって、浮かんでいたというのである。

そんな話は、父親としては、もちろん、信じたくはない。

列車が、芦原温泉駅に着いた。早川は、タクシーを拾うと、まっすぐ、あわら警察署に向かった。

あわら警察署では、三十代の広田という若い警部が、早川を迎えてくれた。

「まず、息子さんの遺体を、確認してください」

広田は、パトカーで、近くの大学病院まで、早川を、連れていった。

その車のなかで、

「念のために、司法解剖しました。その結果、死因は、間違いなく溺死だとわかりました。自殺が考えられますが、息子さんが、自殺をするような、何か心当たりは、ありますか？」

と、きく。

「啓介は今、会社から難しい仕事を任されていまして、その研究に、疲れたといって、一週間の休暇を取って、四月の五日から、こちら、越前に、旅行にきていたのです。何でも大学生の頃、旅行したことがあって、とても楽しかったとかで、もう一度、その思い出を噛みしめてみたい。そういって、出かけていったのです。確かに、最近、少し疲れていたようですが、しかし、だからといって、啓介が自殺するなんて、まったく信じられません」

と、早川が、いった。

病院に着き、霊安室に案内されると、そこに横たわっていたのは、紛れもなく、息子の啓介だった。

「本当に、啓介は、越前の海で死んだのですか？」

と、早川が、きいた。

「肺のなかには、かなりの量の海水が入っていましたから、まず海での溺死と見て、間違いないと思います。外傷は、どこにもありませんでしたしね」

「自殺と考えられたのは、なぜですか？」

「息子さんは、四月五日から、芦原温泉の『海潮館《かいちょうかん》』という旅館に泊まっていました。海の潮の館です。こちらで、その旅館を調べたところ、啓介さんが泊まっていた部屋から、遺書が発見されました」

と、広田が、いった。

「その遺書を、ぜひ見せてください」

「もちろん、お見せしますよ」

と、広田はいい、再び、あわら警察署に引き返した。

広田が見せてくれたのは、いわゆる、遺留品と呼ばれるものだった。

啓介は背広を着、靴を履き、コートを羽織って、四月七日の午後に旅館を出たあと、行方がわからなくなり、次の日の八日の昼すぎに、近くで漁をしていた漁船が、越前海岸の沖で溺死体となって浮かんでいる啓介を、発見した。

その時、上着のポケットには、運転免許証、財布が入っており、財布には、十二万円の現金が、残されていたという。

そのほか、ボールペンやハンカチ、キーホルダー、腕時計といったものが、机の上に並べられた。

最後に、旅館〈海潮館〉の名前の入った便箋一枚が、早川の前に置かれた。それが遺書だった。

〈今まで、私が送ってきた人生は、まったく意味のない、後悔だけが、先に立つようなものでした。

意味のない人生、意味のない生活、そうしたものに、何とかさよならをしたい。それには、死ぬのが一番いいのではないのか？

私はここにきて、そう考えるようになりました。

できれば、いなくなった私を、探さないでほしい。家族や友人たちは、悲しまないでほしい。

すべて、私が悪いのですから〉

そこまで書いてきて、突然、

〈駄目だ、駄目だ〉

と、大きな乱暴な文字が、殴り書きしてあった。

すべてボールペンで書かれた文字で、間違いなく、息子、啓介の筆跡だった。

啓介の書く文字は、かなり、個性的な、癖のある文字だから、間違えようが、ないのだ。

「この遺書が一枚だけ広げられて、旅館の部屋の、テーブルの上に置かれていたのです。これは間違いなく、息子さんが、書いたものですか？」

と、広田警部が、きいた。

「ええ、間違いありません」

早川は、うなずくより仕方がなかった。

早川は何度も、便箋に書かれた啓介の遺書を読み返した。

自分は死にたいと書いたあと、突然、駄目だ、駄目だと、大きな文字で殴り書きしている。

この〈駄目だ、駄目だ〉と書いた時には、死んでは駄目だと、たぶん自分に、いいきかせたのか。

それにもかかわらず、啓介は、越前の海に身を投げて、死んでしまったのだろうか？　なぜなのだ。

「おそらく、夜になって、東尋坊《とうじんぼう》から身を投げられたのではないかと、思いますね。あそこは、昼間は観光客もたくさん、きていますし、自殺者を防ごうと、監視員が、交代で見張っていますから」

と、広田が、いった。

「啓介が泊まっていた旅館に、案内していただけませんか？」

と、早川が、頼んだ。

3

早川は、広田警部に案内されて、芦原温泉のなかにある〈海潮館〉という旅館に、向かった。

〈海潮館〉という名前だが、地方の温泉旅館の多くが、実際にはホテル形式になっているのと同じく〈海潮館〉も、泊まる部屋は、普通のホテルのように、わかれていた。

広田警部が、この旅館の女将《おかみ》さんに、早川を紹介した。

「亡くなった早川啓介さんのお父さんですよ」

と、広田がいうと、五十歳前後に見える女将さんは、

「申しわけございません」

いきなり、早川に、小さく頭をさげた。

「女将さんが謝ることなんて、何もありませんよ」

と、早川が、いった。

「息子さんは、四月五日からお泊まりになっていたのです。七日の昼すぎにお出かけになりました。その時、どちらにいかれるのですかとおききしたら、ちょっと海を見てくると、そういわれたのです。もし、その時、すぐ部屋に入っていたら、あの遺書を、見つけることができて、すぐ警察に、連絡して、息子さんを保護してもらうことだってできたんです。そうすれば、助けられたはずなのに、部屋のドアのところに『部屋には入らないでほしい』という札がかかっていたものですから、仲居も遠慮して、なかには、入りませんでした。それで、こんなことに、なってしまったのです。あの時、仲居が部屋に入って、あの遺書を発見していたら、と、そう思うと、申しわけなくて仕方がありません」

と、いって、女将さんは、また小さく頭をさげた。

早川は、次に、啓介が泊まっていた部屋の担当だったという、三十代の仲居

に、会った。

部屋はホテル形式だが、やはり温泉旅館だから、仲居と呼ぶらしい。

その仲居が、お客を部屋に案内したり、食堂に、泊まり客を、連れていったりしているらしい。

その仲居が、四月五日に、この旅館に入ったあとの啓介の様子を話してくれた。

「お客様は、四月五日の十二時少し前に、こちらにお着きになられました。うちは、午後の三時からがチェックインということになっているのですが、お客様は、それでは、これからチェックインまでの間、永平寺《えいへいじ》にいってくる。そういわれて、荷物を置かれて、お出かけになりました」

と、仲居が、いった。

「永平寺ですか？」

「ええ、永平寺は、ここから一時間くらいでいけますから、芦原温泉にこられるお客様は、たいてい永平寺に参詣《さんけい》し、それから、東尋坊を見にいらっしゃるんですよ」

と、仲居が、いう。

「それで、私の息子の啓介は、何時頃、この旅館に、戻ってきたのですか？」

「暗くなってからですから、おそらく、午後六時頃じゃなかったでしょうか？　それから、宿泊の手続きをされ、私がまず、部屋にご案内しました。午後七時頃、浴衣と丹前に着替えられて、私が食堂にご案内しました」

と、仲居が、いう。

「啓介は、あなたに、永平寺のことを、何かいっていませんでしたか？　例えば、寺を訪ねた印象だとか、どんなところが、素晴らしかったとか、そういうことですが」

「そうですね、永平寺では、参詣する信者の方、十人から二十人くらいを一つのグループにして、若いお坊さんが、寺のなかを案内するんですけど、お客様は、案内をしてくれた、その若いお坊さんが、素晴らしかったと、そうおっしゃっていました。お寺のなかは、まだ寒いのに、素足で、案内してもらって、その上、説明に、ユーモアがあって楽しかった。そういって、褒めていらっしゃいましたよ」

と、仲居が、いう。

「それで、次の日の六日は、どんな様子でしたか？　朝食は、ちゃんと、食べたのでしょうか?」

早川が、きいた。どんな些細なことでもしりたかったのだ。

「当館では、朝食はバイキングになっていますので、お客様は、大食堂で、そのバイキングの朝食を、とったと思います。その後、午後二時頃、外出の支度をされて、お出かけになりました。フロントには、これから越前の海を見にいってきますといって出かけられたそうです。午後四時頃、フロントに、お客様から電話があって、今日は、夕食はいらないと、おっしゃって、午後九時すぎに、お戻りになりました」

「その時の様子は、どんなふうだったんですか?」

「少し疲れたように、お見かけしましたが、それ以外は、別に……」

「七日にも出かけたんですね?」

「はい。七日も、午後二時頃にお出かけになりました。フロントには、海を見てくるとおっしゃったようですが、暗くなってもお戻りにならなくて、心配して、お探ししていたのですが、とうとう次の日の八日の昼すぎになって、越前の海で見つかって……」

と、仲居は、声をつまらせた。

「七日に出かける時は、フロントには、海を見にいくと、いったんですね？」

「はい。フロント係は、そう申しております」

「何時頃に戻るとは、いわなかったんですか？」

「それは、きいていないそうです。夕食の時には、お戻りになると思っていたのですが、その時間になっても、お戻りがないので、心配して、お探ししたのですが」

「ここは、当然、温泉が、出るわけですよね」

と、早川が、きいた。

どんな小さなことでもいいから、息子の啓介が自殺した理由に繫がりそうなことを、見つけたかったのである。

「部屋のお風呂は、温泉ではございませんけど、一階に、男女別々の大浴場があって、そちらは温泉でございます」

「息子は、五日にチェックインして、七日に行方がわからなくなるまで、その間に、ここの旅館の温泉には入ったのでしょうか？」

「すぐに調べてまいります」

と、仲居は、いって、走っていった。

戻ってくると、仲居は、

「大浴場の担当の者がおりますが、その者にきいたところ、四月五日の夜と六日の夜、お客様と思われる方が、ひとりで、男湯に入りにこられたといっています」

「その担当者に、お話をおききしたいのですが」

と、早川が、いった。

仲居に案内されて、一階の大浴場へいった。

男女の風呂にわかれて、出たところが茶店《ちゃみせ》になっている。六十歳くらいの半纏《はんてん》姿の男が、風呂からあがってきたお客に、冷たいお茶か、お酒を振る舞っていた。

早川は、その男を呼びとめると、

「間違いなく、四月五日と六日に、私の息子がひとりで、このお風呂に入りにきたのですか？」

「ええ、ひとりでいらっしゃいましたよ。間違いありません」

「間違いなく、私の息子ですか？　名前は、早川啓介ですが」

「ええ、間違いありません。あんなことが起きて、お客様の顔写真が新聞に載りましたから、間違いありません」

と、男は、繰り返した。

「息子の、その時の様子も、覚えていらっしゃいますか?」

「あまり覚えてはいませんけれども、お風呂から出てきた時、ほかのお客様と同じように、お酒を飲みたいといわれたので、お出ししましたよ。二日ともです」

と、いう。

息子の啓介は、飲めることは飲めるが、それほど強くはない。そんな啓介が、温泉に入ったあと、酒を飲んだという。その時の啓介の気持ちは、いったい、どんなものだったのだろうか?

この旅館では、大浴場に入りにきたお客ひとりに対して、徳利一本を、サービスで、出すのだという。

啓介は、六日は、酒を飲んだあと、部屋に戻り、あの遺書を書いたのだろうか? 酒で勢いをつけて、遺書を書いたのか? それとも、部屋に帰り、酔いが覚めたあとで冷静になってから、あの遺書を、書いたのだろうか?

このあと、早川が、東尋坊にいってみたいというと、これも、広田警部が案内してくれるという。

東尋坊に向かう車のなかで、広田が、いった。

「息子さんの遺留品のなかに、携帯電話がなかったのですが、息子さんは、携帯電話を持たない主義なのですか？」

「いや、いつも持っています。ただ、今回、一週間の予定で、こちらにくる時には、携帯電話は持たずに出かけました」

「それはどうしてですか？」

「携帯電話を持っていると、会社の同僚とか、私たち家族が、電話をかけてくる。それでは、気持ちが休まる暇がないし、ひとりになりたいので、携帯電話は、置いていく。啓介は、そういったのです」

「なるほど。わかりました」

と、広田が、いった。

天気がよいせいか、今日も東尋坊の周辺には、観光客が、一杯だった。写真でよく見る断崖が続いている。

「息子がここから飛びこんだとは……」

と、早川が、呟いた。

断崖の上には、一応、柵があり、自殺防止のために監視員もいるし、電話も置かれている。自殺するかどうかを迷って、その電話をかけてきた人に対しては、常駐している担当者が、すぐに電話の相手をするのだと教えられた。

別の場所からは、海面近くまで、おりていける遊歩道があった。

早川は広田と一緒に、その遊歩道をおりていった。途中に、東尋坊の説明を書いた案内板があって、その前で、観光客が記念写真を撮っている。そのあたりは、海面近くまでさがっているので、海面を見つめても、怖さは伝わってこない。

海の匂いと、焼きイカの匂いが、漂ってくる。

東尋坊は、自殺の名所でもあるが、同時に、観光の名所でもある。土産物店が何軒も出ていて、たいていの店では、焼きイカを売っている。だから、その匂いが、あたりに、漂っているのである。

そのなかには、ラーメンを食べさせる店もあった。

そこで、早川は、広田とラーメンを食べることにした。

「これからどうされますか？　息子さんのご遺体ですが、こちらで、茶毘《だび》に付されますか？」

と、広田が、きいた。

「いや、遺体はそのまま、明日の朝早く、東京に連れて、帰ることにします」
と、早川が、答えた。

4

この日、早川は〈海潮館〉に泊まり、翌朝早く、啓介の遺体とともに、東京に帰った。

葬儀は、早川家代々の墓がある、近くの相恵寺《そうけいじ》という寺でやることになった。越前の永平寺と同じ、曹洞宗《そうとうしゅう》の寺である。

ここでやれば、体の不自由な娘の晴美も、車椅子で、参列することができる。

数日後、午後三時からおこなわれた葬儀には、会社の同僚たち、特に、啓介の下で人型ロボットの研究をしていたエンジニアたち全員が、参列してくれた。

さらに会社の代表として、鈴木《すずき》という人事部長も参列した。鈴木人事部長は、早川雄介とは、ほとんど同じ頃に、昭和精密機械に入社している。

葬儀が終わったあとで、早川は、その鈴木と話をした。

「息子がやっていた人型ロボットの研究というのは、大変な仕事だったんだろうか?」

「君だって、よくわかっているはずだよ。今、多くの会社が、人型ロボットの開発を巡って、鎬《しのぎ》を削っているんだ。うちは、ほかの会社に比べると、少しばかり後《おく》れを、取っているからね。社長も、一日でも早く追いつけと、はっぱをかけているし、何とかして、それに応《こた》えなければならないから、みんな、必死なんだ。特に、君の息子さんが指揮を執っていた研究グループは、今年中に、ほかの会社に負けないような人型ロボットを作らなければならない。それが至上命令だったから、正直いって、相当、辛かったんだと思うよ」

と、鈴木が、いった。

「研究グループは、別に、いきづまっていたわけでもないんだろう」

「ああ、十月には、かなり精巧で、動きがスムーズな第一号ロボットが完成する予定になっていた。それが完成すれば、ほかのロボットにも負けないし、ホンダのアシモにも負けないくらいの精度のロボットができあがると、みんな、自信を持っていたんだ」

「失敗する可能性は、あったんだろうか?」

「新しい発明とか、開発というのは、君もしっているように、成功と失敗の、繰り返しだからね。その可能性は半々だよ。だから、自信を持って、やるしかないんだ。君の息子さんと一緒に働く十人のエンジニアたちは、自信を失ってなどいなかったと思うね。間違いなく、十月までには、一号機が誕生するんだからね」

「そんな時に、息子は一週間の休暇を取って、越前にいった。そのことについて、こんな時に、何で、休暇を取るんだといった、批判は、なかったんだろうか？」

「いや、そういうことは、なかったよ。というのは、研究グループは、一号機のロボットの設計が、終わって、その二分の一のプロトタイプは、すでに、できあがっていたんだ。それで、みんな、一息つこうということで、リーダーの君の息子さんは、旅行に、出かけた。ほかの十人のエンジニアのなかにも、何人かは、この際、温泉にでも、いってくるかという人間もいるんだよ。そして、現に、二人は、東北の温泉に出かけている。だから、ほかのメンバーは仕事をしているのに、君の息子さんだけが休暇を取って、旅行に出かけたというわけではないんだよ」

と、鈴木が、いった。

「それなら、啓介が自殺なんかする理由は、なかったんだ」

「そうだよ。全体として、人型ロボットの研究開発は、順調にいっていた。これは君を慰めるためにいっているんじゃない。ただ、君の息子さんは、越前で自殺してしまった。仕事は順調なのに、わけがわからん」

「今、君は、二分の一のプロトタイプは完成していたと、そういっていたね?」

「ああ、そうだ。一号機は、身長百四十センチ、体重五十キロだが、その二分の一、身長七十センチのプロトタイプは、すでに、できあがっていた。精巧にできていて、一号機と同じ動きをするんだ」

「それを、明日、見せてもらえないか?」

と、早川が、いった。

翌日、早川は出社すると、問題の二分の一のロボットを見せてもらった。

早川は、設計図だけは、以前、啓介に見せてもらったことがある。実際に見てみると、二分の一なので、可愛らしい人型ロボットである。

啓介の部下の若いエンジニアが、そのロボットを動かして見せてくれた。

二足歩行は、無理なくできているし、コンピューターによる音声も、おかしくない。

「この二倍の大きさの第一号機は、なかに入るコンピューターの性能も高くなりますから、ロボットの動作はもっとスムーズになります。当然、ロボットの力も大きくなりますから、他社のロボットにも、充分勝てると、自信を持っています」

「この二分の一のロボットが動くところを、啓介は、見たんだね？」

早川は、その若いエンジニアに、きいた。

「もちろんですよ。早川主任が、最後にスイッチを入れて、計算どおりに動くといって、大喜びしたんですから」

と、若いエンジニアが、いう。

「もう一度確認するんだけど、この二分の一のロボットが、失敗作だということは、ないんだろうね？」

早川が、念を押すと、相手は、大きな声で、笑った。

「そんなことはありませんよ。もし、これが失敗作ならば、癪にさわるから、とっくにハンマーでぶち壊していますよ」

「本物というのかな、正規の大きさの人型ロボット一号機が、十月に、完成するのも、間違いないんだね？　大幅に遅れるというようなこともないんだね？」

「完成は、一カ月前の九月一日になっています。そのあとの一カ月間、設計図どおりの力を発揮するかどうかを徹底的に調べて、十月一日に、会社として新聞やテレビをとおして大々的に発表することになっていて、そのスケジュールは、もう、組んでいます。変更されることはありません」

その若いエンジニアは、自信満々に、いった。

「息子は、そのスケジュールも、しっていたわけだね？」

「もちろんです。何しろ、今回のスケジュールなどはすべて、早川主任が、作ったものですから」

「息子は一週間、休暇を取って越前に旅行に出かけたのだが、そのことについて、君たちの間で、批判するような声は、出なかったのか？」

早川が、きいた。

「そんなことは全然ありません。今もいったように、二分の一の大きさの、このロボットが完成して、設計図どおりにきちんと動いたので、全員で祝杯を挙げたんですよ。早川主任が休暇を取るといったのは、そのあとですからね。それに、早川主任は、僕たちにも『これからもっと忙しくなるから、一週間ぐらいの予定で、休暇を取ったほうがいいぞ。何しろ、これからが本番なんだから』そういってくれました。ですから、現在、うちのメンバーの二人が休暇を取っていますし、残りの人間も、それぞれ交代で、休暇を取るつもりでいたんですが、早川主任が、こんなことになってしまって」

と、相手は、声をつまらせた。

5

その日、早川は、会社の屋上にいき、ひとりでしばらく考えていたが、その後、人事部長の鈴木のところに、いって、退職願を出した。

鈴木は、びっくりしたような顔で、

「いったい、どうしたんだ？　息子さんが死んだからといって、君まで、会社をやめることはないだろう？　第一、君は、現在五十九歳だ。今急いで、やめなくたって、あと一年で定年じゃないか？　どうして、それが待てないんだ？　まさか、君まで息子さんみたいに、変なことを考えているんじゃないだろうな？」

と、いった。

早川は、小さく笑って、

「私は、そんな馬鹿なことは、考えていない。ただ単に、一年早く退職したいだけだよ」

「しかし、何か考えているみたいじゃないか？　君が、退職願を出したといえば、僕は必ず、社長にきかれる。どうして、やめるんだってね。僕は、それにどう答えたらいいんだ？」

「大丈夫だよ。一身上の都合と書いておいたから」

と、早川が、いった。

「本音をきかせてもらえないかな？　いってみれば、僕と君とは、同期みたいなもんじゃないか？」

「いや、同期じゃない。君のほうが、二年後輩だ」

早川が、笑って、いった。

早川は、同僚たちに、あれこれ、きかれるのがいやなので、すぐに会社を出て、家に帰った。

夕食の時、早川は、妻の敬子と娘の晴美に向かって、

「今日、会社に退職願を出した」

と、告げた。

「予定より一年早く、会社をやめるんですね？」

と、敬子が、いった。

「ああ、そうだよ。どうしても、そうしたいんだから、了承してくれ」

と、早川が、いった。

「ひょっとして、その一年間で、啓介のことを、調べようと思っているんじゃないですか？」

と、敬子が、きく。

「ああ、そのとおりだ。私には、あいつが、自殺したなんて、どうしても考えられないんだ。それで今日、会社にいって、啓介が、研究開発に携《たずさ》わっていた人型ロボットのことをいろいろと、きいてみた。そうしたら、すでに、二分の一のロボットが完成していて、九月一日には、本物のロボット一号機が完成する。それから、一カ月間のテストをしたあと、十月一日に、昭和精密機械の人型ロボットの一号機として、新聞やテレビで、大々的に発表する。そういう計画になっているときいたんだ。それならば、なおのこと、啓介には、自殺する理由が何もないんだ」

「私だって、啓介が、自殺したなんて、信じられません。あの子は、外見は痩せていて、一見、弱々しそうに見えるけど、気持ちは、人一倍、強いんです。それに、私が、早く結婚してほしい。早く孫の顔が見たいというと、来年は、絶対に結婚する。そういってくれたんですよ。その啓介が、なぜ、自殺なんかするんですか？」

と、今度は、敬子が、怒ったような口調で、いった。

「明日、もう一度越前に、いってくる」

と、早川は、いった。

「私もいきたいんですけど」

と、悔しそうに、敬子が、いう。

「いや、君は、ここに残っていてほしい。私は、しばらく帰ってこられないかもしれないから、その間、晴美のことをよろしく頼む」

と、早川が、いった。

6

翌、四月十五日の朝、早川は、自宅を出て、東京駅に向かった。前と同じように新幹線で、米原に向かう。

今日、早川は、息子、啓介の携帯電話を持ち、それをポケットに入れていた。

啓介は、今回の休暇は、ひとりになってゆっくりと休みたいから、旅行には、携帯電話を持っていかないといった。たぶん、それだけ、人型ロボットの開発で心身ともに疲れていたのだろう。

しかし、だからといって、最初から、啓介が自殺することを考えて、携帯電話を持っていかなかったとは思えない。

早川は、米原からは特急「しらさぎ」に乗った。たぶん、啓介も同じように、米原から特急「しらさぎ」に乗ったのではないだろうか？

芦原温泉駅で降りると、早川は、まっすぐ旅館〈海潮館〉に向かった。

早川が、フロントで手続きをしていると、先日、いろいろと話をしてくれた仲居が通りかかった。

「今日から一週間ほど、こちらに、ご厄介になります」

と、早川のほうから、その仲居に、声をかけた。

仲居は、会釈して、

「もう、息子さんの葬儀は終わったんですね？」

と、いう。

「ええ、無事に終わって、遺骨は、お寺に預けました」

「一週間も滞在されて、どうされるのですか？」

と、仲居が、きいた。

「明日は、息子がいったという永平寺を訪ねてみようと、思っています」

とだけ、早川は、いった。

夕食をすませると、息子の啓介が泊まった部屋に、案内してもらい、そこで、一週間をすごすことにした。

こぢんまりした部屋で、もちろん、すでに息子、啓介の匂いは、消えてしまっている。それでも、何となく、啓介の気配が、残っているような気がした。

布団に入ると、東京から持ってきた例の遺書を取り出した。持ってきたのはコピーで、本物のほうは、しばらくの間、あわら警察署が保管するといっていた。

自殺と断定されたが、それでも一応、報告書は作るらしい。

何度見ても、啓介の筆跡に間違いないのである。

（しかし）

と、早川は、考える。

もし、啓介の死が自殺でなかったとすれば、この遺書を、どう解釈したらいいのだろうか？

改めて読み直してみると、気になる文章が散見される。

〈今まで、私が送ってきた人生は、まったく意味のない、後悔だけが、先に立つようなものでした〉

啓介は、こう書いて、自分の人生を否定している。

しかし、会社で、啓介の下で人型ロボットの開発に従事していたという若いエンジニアにきくと、二分の一のプロトタイプが完成して、それが満足できる出来栄えだったので、研究グループで祝杯を挙げたと、いっていた。

本物のほうは、九月一日までに、完成させ、一カ月間のテストをしたあと、昭和精密機械の第一号人型ロボットとして、新聞やテレビに発表することになっていて、間違いなくそのとおりに進むと、あの若いエンジニアは、自信満々に、断言したのである。

息子の啓介も、人型ロボットの開発は、最も先端的な技術を必要とするので、張り切っていたはずである。

それも、思いどおりにうまくいっていた。

だからこそ、開発グループの全員で祝杯を挙げたのだし、予定どおり、本物の人型ロボットは、間違いなく完成すると、研究グループの全員が確信していたのだ。

そのことと、遺書に書かれた文章とは、ずいぶん食い違っているのではないか？

どうして、啓介は、今までの自分の人生は、まったく意味のない、後悔だけが先に立つようなものなどと、書いたのだろうか？

もう一つ、早川が気になったのは、そうした自分の人生を否定するような言葉を並べたあとで、突然〈駄目だ、駄目だ〉と、大きな文字が、乱暴に、書かれていることだった。

考えてみれば、ある意味で〈駄目だ、駄目だ〉というのは、遺書にふさわしい言葉のようにも思える。

しかし、そこまでしっかりした筆跡で、自分の人生を、否定するような言葉を並べておいて、突然〈駄目だ、駄目だ〉と、二回も乱暴に書いているのは、いったい、どうしてなのだろうか？　この大きな文字で書かれた〈駄目だ〉というのは、いったい、どういう意味なのだろうか？　何が駄目だというのか？　自分の人生が、駄目だということなのか？　それとも逆に、自殺なんかしちゃ駄目だと、啓介は、自分にいいきかせたのだろうか？

結局、判断がつかないまま、早川は、疲れて眠ってしまった。

7

翌日、旅館でバイキングの朝食をすませたあと、早川はフロントに断って、外出することにした。行き先は、永平寺である。

タクシーを、呼んでもらい、それに乗って、永平寺に、向かった。

永平寺に近づくと道路の両側は、土産物店や食堂が並んでいる。永平寺の門前町という感じである。

駐車場でタクシーを降りた。今日も大型の観光バスや、自家用車が、並んでいる。

集まった観光客は靴を脱ぎ、スリッパに履き替えて、客殿にあがっていく。

早川があがった時には、すでに五、六十人の観光客が、集まっていた。その観光客を十人から二十人のグループにわけ、修行僧のような若い僧が、永平寺のなかを、案内してくれるのである。

早川は受付にいき、そこにいた若い僧に、自分の名前を伝え、亡くなった息子のことを話した。

相手も、そのことはよく覚えていて、永平寺で、誰が案内したかを調べてくれた。

四月五日、啓介を案内してくれたのは、名古屋《なごや》の龍光寺《りゆうこうじ》という寺からこちらに、修行しにきている加藤《かとう》という、二十代の若い僧だった。

加藤は、早川に向かって、

「今回のご子息のことは、とても残念でなりません」

と、いったあとで、

「特別に、許可が出ましたので、早川さんだけをご案内します」

と、いってくれた。

寺のなかは、やたらに広い。

外は、暖かい陽の光が射していたが、寺のなかは、ひんやりしていて寒かった。板の間も冷たい。

そのなかを、加藤という修行僧は、素足で、早川を案内してくれる。

歩きながら、加藤は、

「息子さんは、私たちの修行について興味をお持ちのようで、いろいろと質問をなさいました」

と、いう。

「啓介は、どんな質問を、あなたに、したんですか？」

「毎日の修行は、どんなふうにやるのかとか、精進料理は、おいしいかとか、誰が作るのか、あるいは、お風呂は、いつ入るのか？　ひとりで入るのか、大勢で入るのか？　そんなことを熱心に質問されました」

「お風呂には、いつ入るのかと、そんなことまで、きいたんですか？」

「はい。息子さんは、私たちの、ここでの生活に、かなり、興味をお持ちになっていたようでしたね。ああ、それから、いつ、休暇を取って外出できるのかもきかれました」

と、加藤が、笑った。

早川は、また首をかしげてしまう。自殺を考えている三十歳の男が、修行僧に向かって、精進料理は、うまいのかとか、風呂にはいつ入るのかとか、そんな質問を、するものだろうか？

「あなたと一緒だった時、息子の様子は、どうでしたか？　あなたから見て、自殺するように見えましたか？」

早川が、きいた。

「とても明るい感じで、自殺するようには、見えませんでしたが、人間の心というものは、わかりませんから」

加藤は、慎重ないい方をした。

一時間半ぐらいかかって、早川は、広い寺のなかを、案内してもらうと、お礼をいってから外に出た。

近くの食堂で少し早い昼食に、ラーメンを食べていると、早川の持っていた啓介の携帯電話が鳴った。

相手は、妻の敬子だった。

「どうしたんだ？」

早川が、慌ててきいた。

娘に、何かあったのかと、思ったからである。

「今、着物が届いたんですよ」

と、敬子が、いった。

「着物？」

「ええ、それが、加賀友禅《かがゆうぜん》の綺麗な晴れ着なんですよ」

「私は、そんなものは、送っていないぞ」

「それが、啓介の名前で、届いたんです」

「啓介の届けものか？」

「ええ、そうですよ。四月五日、福井《ふくい》市内の有名な呉服店から、妹の晴美宛てに送っているんです。今、その店の名前を、いいますから、その店にいって、お礼を、いってくださいな」

と、妻の敬子が、いった。

（また一つ、首をかしげるような話が生まれてきたな）

と、早川は、思った。

「確認するけど、間違いなく、啓介の名前で送られてきたんだな？」

「そうですよ。福井市内の『襟善《えりぜん》』というお店です。何でも、京都に本店がある、かなり有名なお店だそうです」

と、敬子が、いう。

「もう一度きくが、確かに、加賀友禅の着物で、啓介が、妹の晴美宛てに、送ったものなんだな？」

早川は、しつこく、念を押した。

「ええ、そうですよ。間違いなく、そうなっています」

「わかったよ。今から、福井のその店にいって、確認してみる」

と、早川が、いった。

早川はタクシーを拾い、まっすぐ、福井市内に向かった。

福井駅前で降り、駅のインフォメーションセンターで、和服専門店の〈襟善〉という店のことをきいた。

敬子がいっていたように、その店は、かなり有名な店らしい。番地と電話番号を教えてもらい、タクシーを拾って〈襟善〉に向かった。

その店の看板には〈創業二百五十年〉と書かれてあった。

早川は、和服姿の店の女将さんに会って、自分の名前を告げた。

「四月五日に、私の息子が、こちらで、加賀友禅の晴れ着を買って、東京に送っていただいたのですが」

女将さんは、事故のことはしっているかもしれないが、自分の店に、加賀友禅を買いにきた男が当の本人とはしらないらしく、にっこりして、

「四月五日に、間違いなく、ご注文を受けました」

と、いった。

その時、啓介は、配達する日付について、注文を出したらしい。

「何でも、そのお客さんは、四月の十一日まで越前を旅行しているので、十一日すぎに東京に届くようにしてくれと、そういわれましたので、昨日、お送りしたのです。間違いなく着いて、ようございましたわ」

と、女将さんが、いった。

「息子は、何時頃、こちらにお邪魔したのですか？」

「たしか午後五時頃だったと思います。何でも、永平寺にいってきた帰りだとおっしゃっておられました。背が高くて二枚目だし、妹さんに晴れ着を送るなんて、優しい方だから、ご自慢の息子さんなんじゃありませんか？」

と、女将さんが、いった。

早川は、その息子が死んだことは、女将さんには、話さなかった。話したところで、息子の啓介が、生き返るものでもなかったからである。

とにかく、四月五日、啓介が、この店で加賀友禅の晴れ着を買い、妹の晴美に、送ったことだけは、確認できた。

そのことに、早川は、満足した。

しかも、十一日すぎに、東京に送ってくれと、念を押しているのである。そこまで気を遣う啓介が、果たして、自殺するものだろうか？

第二章　東京

1

　ゴールデンウィークが終わった直後の五月九日、台東《たいとう》区の浅草観音《あさくさかんのん》そばにある、八階建ての雑居ビルの屋上から飛び降りたと思われる、若い女性の死体が、発見された。

　見つかったのは、五月九日午前四時半頃である。まだ、夜は明けきっておらず、ほの暗い時刻だった。

　たまたま、その時刻に、通りかかったタクシーの運転手が、眠気を覚ますために、車を停め、車の外に出た。

　大きく深呼吸をしてから、何気なく、雑居ビルの横の路地に目をやると、何か黒い物が横たわっていた。

タクシーの運転手は、おやっという目になった。

夜は、駆け足で明けていき、その黒い物体が、はっきりとした姿を、現してきた。

若い女性だった。

最初、タクシーの運転手は、その女性が、酔っ払って、道路で寝こんでいるのかと思ったが、近づいてみると、まったく違うことがわかった。

声をかけても、何の反応もないし、コンクリートの上には、真っ赤な血が流れ出ているのがわかったので、驚いて、運転手は、一一九番した。
五、六分で、救急車が到着したが、救急隊員は、すぐに女性が死んでいることを確認し、一一〇番した。
今度は、警視庁捜査一課がパトカーで、鑑識とともに、現場に急行した。

野次馬も、集まってきた。

捜査の指揮を執る十津川は、すぐに、雑居ビルの屋上に、西本と日下の二人の刑事をあがらせることにした。

雑居ビルの玄関は、まだ、朝が早いせいもあってか閉まっていたので、非常口を使ってあがっていき、八階建てのビルの屋上で、死んだ女性のものと思われるハンドバッグを、発見した。

そのなかから、女性の運転免許証が出てきた。その顔写真は、血を流して死んでいる若い女性と、同じだった。

運転免許証によれば、名前は、北川愛《きたがわあい》、二十五歳、住所は、杉並区永福町《すぎなみえいふくちょう》×丁目となっている。

ハンドバッグのなかには、ほかに、財布やハンカチ、化粧品、携帯電話などが入っていたが、十津川が注目したのは、二つ折りで入っていた封筒だった。

封筒には、宛て名も、差出人も、書いていない。

十津川は、手袋をはめた手で、封筒のなかから、中身を取り出した。

一枚の便箋が入っていて一行だけ、次の文字が並んでいた。

〈啓介さん、ごめんなさい〉

十津川は、それを、亀井刑事に見せて、

「カメさんの感想をききたい」

「もし、これが自殺なら、短いですが、彼女の遺書だと、いってもいいかもしれません。しかし、あくまでも彼女の死が、自殺ならということが前提ですが」

遺体はすでに、司法解剖のために大学病院に運ばれている。十津川は、三田村と北条早苗の二人の刑事を、運転免許証にあった杉並区永福町×丁目の被害者、北川愛の家にいかせることにした。

2

そこは、真新しい十二階建てのマンションだった。最上階十二階の1201号室の郵便ポストに、北川愛という名前があった。

二人の刑事は、管理人に死んだ北川愛の運転免許証の写真を見せて、

「この写真の女性は、こちらの1201号室に住んでいる北川愛さんで、間違いありませんか？」

と、きいた。

六十代に見える管理人は、明らかに狼狽していた。

「北川さんに、何かあったんですか？」

「残念ですが、今朝早く、死体で発見されました。これから、いろいろと調べなければなりませんので、まず彼女の部屋を見せてください」

十二階までエレベーターであがり、管理人が開けてくれた部屋に、二人の刑事が入っていった。

2DKの、どこにでもあるような、間取りの部屋である。

だが、若い女性の部屋らしくは、なかった。やたらに、写真が、壁に貼られている。

真新しいコンセプトカーの写真、斬新なデザインの冷蔵庫や洗濯機、それに、可愛らしい動物の写真もあった。

机の上には、パソコンが、二台あった。

パソコンのスイッチを入れて、検索すると、壁に貼られているのと同じような、車やバイク、冷蔵庫や洗濯機などの家電製品、それに動物の写真などが、入っていた。ほかには、ロボットの写真もあった。

「北川愛さんは、どんな仕事を、していたんですか？」

北条早苗が、管理人に、きいた。

「詳しいことは、わかりませんが、何でも、工業デザイナーを、やっているとかいっていましたね」

「工業デザイナーですか。それで、こんなに、たくさん、冷蔵庫やバイクの写真があるんですね」

机の引き出しを調べていた三田村が、未使用の便箋を取り出した。

「この便箋、彼女のハンドバッグに入っていた、例の『啓介さん、ごめんなさい』と書いてあった便箋と、同じものだよ」

「啓介さんというのは、誰なのかしら？」

「北川愛が、つき合っていた恋人なんじゃないか？」

「それじゃあ、恋人との間が、うまくいかなくなって、それを、苦にしての自殺かしら？」

北条早苗が眉を寄せた。

「北川さんの家族が、どこに、住んでいるかしっていますか？」

三田村が、管理人に、きいた。

「ご両親が、横浜《よこはま》にいらっしゃるようなことを、きいたことがあります」

と、管理人が、いった。

「そこの住所か、電話番号、わかりますか？」

「申しわけありませんが、そこまでは、わかりません」

さらに、調べていくと、机の引き出しから、北川愛の名刺の束が見つかった。

まだ、八十枚くらいの名刺が残っている。名刺にあったのは、次の会社の名前だった。

〈台東区上野《うえの》×丁目　デザイン工房ジャパン　北川　愛〉

北条早苗がすぐ携帯電話で、そのデザイン工房に電話をかけてみたが、誰も出る気配はなかった。おそらく、まだ、このデザイン工房では、仕事が始まっていないのだろう。

3

形としては、自殺に見えるが、殺人の可能性も、捨てきれない。

そこで浅草署に、捜査本部が設けられた。

その捜査本部に、三田村と北条早苗の二人が、帰ってきた。

二人は、北川愛の名刺と一緒に一枚の写真を、十津川の前に、置いた。

「北川愛の仕事は、工業デザインです。この名刺にある、上野のデザイン工房で、工業デザイナーとして、働いていたと、思われます。会社は、あの雑居ビルから、歩いて二十分ほどの距離です」

「この人型ロボットの写真は、何だね？」

「今からほぼ一カ月前の、四月九日の新聞に、この写真が出ていました」

早苗は、上野の図書館で、新聞の綴じこみからコピーしてきた記事を、十津川に見せた。

新聞記事には、こんな見出しがあった。

〈越前海岸で、ロボット研究者が自殺？〉

今年の九月に完成する、人型ロボットの写真も載っていた。

「まったく同じものです」

と、早苗が、いった。

「なるほど。形状は、まったく同じ、ロボットだね」

「おそらく、昭和精密機械で作っている人型ロボットのデザインを、上野のデザイン工房ジャパンが、引き受けて、死んだ北川愛が担当していたのではないかと思います」

「確かに、その可能性はあると思うが、まだ確証はないんだろう?」

「ありませんが、その点を昭和精密機械にいって、調べてみるつもりです」

「そうしてくれ」

「もう一つ、新聞記事にある昭和精密機械には、人型ロボットの研究をやっている研究グループがあって、そのリーダーの、早川啓介が、越前海岸で自殺しています」

「早川啓介? 啓介という名前は、間違いないのか?」

「そうです。北川愛の、ハンドバッグに入っていた封筒のなかには『啓介さん、ごめんなさい』と、書かれた便箋が入っていました。偶然かもしれませんが、越前海岸で自殺した早川啓介と、何らかの関係があるのかもしれません」

「わかった。偶然とは思えんから、その点に絞って、徹底的に調べてみよう」

と、十津川が、いった。

西本と日下の二人が、デザイン工房ジャパンに、話をききにいき、一方、三田村と北条早苗の二人は、三鷹《みたか》にある昭和精密機械に、パトカーを走らせることになった。

デザイン工房ジャパンは、上野駅の真向かいの、古びたビルのなかにあった。五階建ての低いビルで、一階から三階までの、三フロアを占めている。

そこから、問題の雑居ビルまで、歩いて二十分、車なら、五、六分で、着く距離である。

二人の刑事が、ビルのなかに入っていくと、社内は騒然としていた。たぶん、社員のひとりが、死亡したことが、すでにこちらに伝わっているのだろう。

三階の社長室で、二人の刑事は、三村《みむら》という社長に会うことになった。四十歳だという社長は、

「北川さんが、亡くなったことは、たった今、きいたばかりなんですよ。何でも、ビルの上からの投身自殺だとききましたが、本当なんですか？」

「形としては、雑居ビルの屋上から飛び降りたように、見えますが、他殺の可能性も、否定できないので、今、われわれが、調べているところです」

「そうですか」

「社長は、北川さんが、仕事上か、あるいは、プライベートで、何か、大きな悩みを抱《かか》えていたと思いますか？　心当たりがあれば、どんな小さなことでも、結構ですので、話していただけませんか？」

「そういう話は、まったく、きいていません。しかし、北川さんは、若い女性ですからね。人にはいえないような、例えば、恋愛の悩みを、抱えていたかもしれません。そういうプライベートなことは、まったくしりませんから、私には、何ともいえません」

と、三村社長が、いった。

「こちらでは、さまざまな、工業デザインを引き受けて、いらっしゃるわけですね？　自動車とか、工作機械とか、あるいは、ロボットとかですが」

「そうです」

「これも、こちらで、引き受けられたロボットのデザインですか？　これは、北川さんのマンションにあった、写真ですが」

西本は、問題の写真を、三村社長の前に、置いた。

三村社長は、写真を、一目見るなり、

「そのとおりです。ロボットのデザインは、昭和精密機械という会社から、頼まれて引き受けました。主として、北川君が、デザインを考えていました」

「ロボットを製作している昭和精密機械では、早川啓介という人が、先頭に立って、ロボットの研究や製作をしていたのですが、この早川啓介という人に、会ったことがありますか？」

日下がきくと、三村は、

「早川啓介？　その名前ならよく覚えていますよ」

三村は、自分の机の引き出しから、一枚の名刺を取り出して、二人の刑事に見せてくれた。

〈昭和精密機械　人型ロボット研究チーム　早川啓介〉

そこには、確かに、早川啓介の名前が印刷されていた。

「名刺を、お持ちだということは、社長さんも、早川啓介さんに、お会いになったことが、あるというわけですね？」

「ええ、ありますよ。うちで、ロボットのデザインを、引き受けることになって、契約書を、取り交わしましたから。一度だけですが、その時に、お会いして、名刺交換をしました。北川君には、担当者になってもらいましたから、打ち合わせなどで、早川さんとは、何回も会っているんじゃないですかね？」

と、三村が、いう。

「このデザインのロボットは、成功したんでしょうか？」

「完成したデザインをお見せした時には、昭和精密機械さんにずいぶん、喜んでいただきましたから、デザインとしては、成功したと、思っています。ただ、ロボットとして、成功するかどうかは、製作している昭和精密機械の判断になってくると、思いますが」

次に、日下刑事が、問題の封筒を取り出して、なかに入っていた便箋を、三村社長に、見せた。

「これは、北川愛さんが、持っていたハンドバッグのなかに、入っていたものです。ここに『啓介さん、ごめんなさい』と、書いてありますが、この筆跡は、北川愛さんのものに、間違いありませんか？」

「北川君の筆跡ということになると、私よりも、いつも彼女と一緒に、仕事をしている同僚のほうがよくわかるでしょうから、きいてみましょう」

三村は、その、同僚を呼んでくれた。やってきたのは、鈴木《すずき》という、若い男性の社員だった。

彼は、北川愛の、机の引き出しから、彼女が書いた、今回の、人型ロボットデザインに関するメモを持ってきて、二人の刑事に見せてくれた。

比べてみると、確かに、よく似た筆跡である。ただ、西本と日下の二人だけで断定することは難しいので、北川愛の書いたメモを借りて戻り、筆跡鑑定の専門家に調べてもらうことにした。

そう決めたあと、二人の刑事は、鈴木に向かって、

「北川愛さんですが、ロボットを製作している昭和精密機械の、リーダーの早川啓介さんと、何度か会っていたんじゃありませんか？」

「もちろん、何度も会っていますよ。連絡を密にしないと、こういう仕事はうまくいきませんから、デザインを始めた頃は、二日に一回ぐらいのペースで、会っていたと思いますね。会わない時も、電話で、よく話していたようです。ただ、デザインが決まったあとは、打ち合わせることもなくなったので、昭和精密機械とは、以前ほど接触していないはずです」

「昭和精密機械のロボット部門の責任者、早川啓介さんと、北川愛さんとは、うまく、いっていたようですか？」

西本が、きくと、鈴木は、笑顔になって、

「もちろんですよ。関係が、うまくいっていたからこそ、デザインも、成功したんですから」

「二人の間には、仕事上のつき合いのほかに、プライベートなつき合いもあったと、思いますか？」

西本が、きくと、鈴木は、ちょっと、考えていたが、

「そういうプライバシーに関することは、私には、わかりませんが、そんなことは、なかったと思いますね」

「どうしてですか？」

「昭和精密機械は、九月末までに、新しい人型ロボットを完成させなければならなかったんです。ですから、ロボットのデザインは、その、かなり前に、決めなければなりません。つまり、この仕事は、急を要するので、のんびりとプライベートなつき合いをしている時間なんて、なかったと、思うんですよ。私たちも、できなかったし、もちろん、北川さんも、できなかったでしょう。向こうの昭和精密機械だって、そんな余裕はなかったはずです」

「北川さんが、亡くなったことは、鈴木さん、もう、ご存じですよね？」

「はい、さっき、きいて、社員全員、驚いているんですよ。こんなことが起こるなんて、夢にも、思っていませんでしたから」

「北川愛さんが、自殺をするような兆候は、ありましたか？」

「いえ、まったく、ありませんでした。だから、よけいにびっくりしているんです。北川さんは、本当に、自殺したんですか？」

「今のところ、自殺他殺、どちらともいえません。形としては、北川愛さんは、八階建ての雑居ビルの屋上から飛び降りて亡くなりました。自殺なのか、あるいは、他殺なのかは、わかりませんが、いずれにしても、彼女が、八階建てのビルの屋上から落ちて、亡くなったことだけは、間違いないのです」

日下刑事が、いうと、

「それは、おかしいですよ」

と、鈴木が、いった。

「どう、おかしいんですか？」

「実は、北川さんは、高所恐怖症なんですよ。そんな人が、仮に自殺を考えたとしても、八階建てのビルの屋上から、飛び降りて死ぬなんてことは、おそらく、しないのでは、ないでしょうか？　飛び降りる前に、足がすくんで、動けなくなってしまうんじゃありませんか。北川さんが、もし、自殺するのなら、毒物を飲んだり、あるいは、首を吊ったり、そういう自殺方法を選んだと思うのです」

「なるほど。高所恐怖症ですか。間違いないんですね？」

西本も自然に、強い口調になってくる。

「ええ、間違いありませんよ。去年の秋だったと思うのですが、社員のみんなで、伊豆《いず》に旅行したことがあるんです。北川さんも一緒に、いったのですが、伊東《い とう》の城《じょう》ヶ崎《さき》海岸に、有名な吊り橋があるんですよ。吊り橋の下が海になっていて、かなりの高さですが、その時、北川さんは、足がすくんでしまって、渡れなくなってしまいましてね。本当に、蒼い顔をしていましたから、彼女は間違いなく、高所恐怖症ですよ。私だけではなく、社員の多くがしっているはずです」

4

三田村と北条早苗の二人は、越前で死亡した、早川啓介の両親に会った。父親の早川雄介と、母親の敬子である。

両親はともに、突然、警視庁の刑事が二人も、訪ねてきたので、明らかに、戸惑っているようだった。

早川雄介は、三田村と北条早苗の二人に向かって、

「私の息子は、越前の海で、死にました。向こうの警察は、自殺と断定して、すでに、捜査を打ち切っています。それなのに、どうして今頃になって、警視庁捜査一課の刑事さんが、いらっしゃったんですか？」

「現在、私たちは、五月九日に、浅草観音そばのビルの屋上から、転落して死亡した北川愛という二十五歳の女性の捜査に、当たっています。早川さんは、この、北川愛という名前に、記憶は、ありませんか？　亡くなったご子息の早川啓介さんから、この名前を、おききになったことはありませんか？」

まず、三田村が両親にきいた。

「いや、息子から、北川愛さんという名前を、きいたことは、ございませんが」

と、父親の雄介が、いった。

その言葉に、母親の敬子も、うなずいた。

「早川啓介さんが働いていた昭和精密機械では、人型ロボットの、研究をなさっていましたよね？　啓介さんは、研究チームの責任者でしたよね？」

「そうです。啓介は、リーダーとして、責任を持って、仕事をしていました。仕事は、うまくいっていたようです」

「昭和精密機械から、北川愛さんが働いている上野のデザイン工房ジャパンというところに、例のロボットの、デザインが依頼されていたんですよ。今年早々に、そのデザインができて、提携した仕事は、すでに、無事、終わっています。北川愛さんは、そのロボットについて、デザイン工房ジャパンを代表する形で、昭和精密機械と、打ち合わせをしたりしていたのです。ですから、当然、昭和精密機械側のリーダーだった、息子さんの早川啓介さんとも頻繁に、打ち合わせをしていたはずなのです。五月九日に、その北川愛さんが、八階建てのビルから落ちて、亡くなったようなのですが、ハンドバッグのなかに、封筒が入っていましてね。なかの便箋に、啓介さんの名前が、書いてあったんですよ。これが、そうです」

問題の便箋を、早川雄介と敬子の前に置いた。

「ご覧のように『啓介さん、ごめんなさい』と、一行だけ、書いてあります。この啓介さんというのは、お宅の早川啓介さんではないかと、われわれは、考えているんです」

早川雄介と敬子夫妻は、返事をせずに、黙って、一行だけの文字を、じっと眺めていた。

「どうですか？　啓介さんというのは、息子さんのことだと、思われますか？」

と、早苗が、きいた。

「これだけでは、わかりません。突然、息子と同じ名前が、出てきたので、びっくりしているところです」

父親の雄介が、いった。

「正直に、答えていただきたいのですが、早川さんは、啓介さんが、越前の海で、自殺したと、思っていらっしゃいますか？」

三田村が、きいた。

「いえ、ぜんぜん思っていません。啓介は、どんなことがあっても、絶対に、自殺などするような子じゃないんです。仕事だって、うまくいっていましたし、越前では、障がい者の妹に、加賀友禅の晴れ着を買って、東京に送る手配をしてくれていたんですよ。そんな啓介がどうして、自殺なんかするでしょうか？」

「お父さんは、越前に、いかれたんですね？」

「ええ、いきました。息子の遺体を、引き取らなければなりませんし、本当に、息子が自殺したのかどうか、それを、調べたくて、一週間ほど、越前に、いってきました」

「それで、何かわかりましたか？」

「まだ、わかりません」

「向こうの警察は、自殺だと、断定しているのでしょう？　どうして断定したのでしょう？」

「啓介の書いた遺書があるからです」

雄介は、遺書のコピーを、二人の刑事に、見せた。

「これは、啓介が泊まっていた、旅館にあった便箋に、書かれたものです」

「筆跡は、どうですか？　息子さんのものに間違いありませんか？」

「間違いありません。これは、啓介が書いたものです」

「それで、向こうの警察は、自殺と、断定したわけですね？」

「そうです。広田という警部さんが、そういって、おられます」

「この遺書のことを、お父さんは、どう考えて、おられるんですか？」

と、早苗が、きいた。

「正直にいって、私には、よく、わからないのですよ。確かに、遺書らしき文面にはなっていますが、ここには、啓介が、昭和精密機械で、責任を持ってやっていたロボット製作のことが、まったく、書いてありませんし、私たち両親や、妹に対する言葉も、まったく、書いてありません。啓介は、昔から親想い、妹想いの子でしたから、これが遺書だとしたら、そこに、私たちや、妹のことを、ひと言も、書いていないというのは、あり得ないと思うのですよ」

「確かに、おっしゃるとおりですね。自分のことしか、書いてありませんね」

「そこが、私には、どうにも、納得できないのですよ」

雄介が繰り返した。

「啓介は、優しい性格でしたし、妹のことを、いつも、とても心配していたんです。それなのに、主人が、いったように、仕事のことは、まったく書いていませんし、妹のことにも、触れていないのです。そこが、おかしいと思うのですが、向こうの刑事さんは、遺書として特に、おかしいところはないというのです」

と、敬子が、いった。

「この遺書を、お借りしたいのですが、構いませんか?」

「ええ、構いません。どうぞ、お持ちください。これは、コピーで、本物は、今も、あわら警察署にありますから」

と、雄介が、いった。

5

二人の刑事は、捜査本部に帰る途中で、早川啓介が働いていた、昭和精密機械の本社に寄ることにした。

ここでは、松田《まつだ》という、広報部長に会った。彼は突然、警視庁の二人の刑事が訪ねてきたことで、戸惑っていた。

「刑事さんが二人もいらっしゃったということは、うちの早川が、自殺した件について、何か、疑問が出てきたのですか？」

松田が、きいた。

「いえ、それはありません」

と、三田村は、答えてから、

「実は、早川啓介さんの、知り合いの女性が、先日、亡くなりました。他殺の可能性が大きいので、われわれが、捜査しているのですが、彼女と、仕事上のつき合いがあった早川啓介さんのことも、調べる必要が出てきましてね。それで、こちらに伺ったのです」

「なんでもきいてください」

「早川啓介さんは、こちらの会社で人型ロボットの研究チームのリーダーをなさっていましたね？」

「そのとおりです」

「その仕事は、うまくいっていたわけですか？」

「うまくいっていましたよ。予定どおり、九月には、間違いなく、新しいロボットが完成しますし、性能にも、問題はなく、トップクラスの人型ロボットだと自負しています」

「それなのに、チームリーダーの早川啓介さんは、自殺してしまったわけでしょう？　そのことを、どう、考えておられますか？」

「正直にいって、わからなくて困っているのです。仕事は成功しているんですから。ただ、早川君は、独身の若い社員ですからね。仕事のことではなくてプライベートで、何か、悩んでいたのではないか？　それで自殺してしまったのではないか？　会社としては、そんなことも考えているんですが」

「問題のロボットですが、デザインのほうを、上野にある、デザイン工房ジャパンに依頼していますね？　なぜ、デザインだけ、外注したのですか？」

早苗が、きくと、松田は、

「もちろん、全部、うちがやれれば、一番いいのですが、以前に、デザインを、自分たちでやってみたものの、うまくいかなかったことが、あったんですよ。それで今回は、工業デザインの分野で、実績のあるデザイン工房ジャパンに、お願いして、協力してもらうことにしました。この点も、成功したと思っています。九月に、完成する人型ロボットは、機能も完璧ですが、デザインのほうも優れていますから」

と、松田が、いった。

「デザインを委託した、デザイン工房ジャパンとの間で、何か、問題になったことはありませんか？」

「それはありませんよ。向こうさんは、約束の期日までに、立派な、デザインを考えてくれましたしね。そのデザインには、こちらも、満足しているんです」

昭和精密機械と、デザイン工房ジャパンとの間には、どうやら、問題はなかったようである。

それを、確認してから、二人の刑事は、捜査本部に、戻った。

捜査本部で、三田村と北条早苗は、早川啓介の両親に会ったこと、そこで見せられた遺書のことを、十津川に報告した。

「これが、その遺書かね？」

十津川は、旅館の便箋に書かれたという、早川啓介の遺書に、目を通した。

「そうです。しかし、これを読んでみると、遺書としたら未完成のような気がしませんか？　宛て名も、書いてありませんし、封筒にも入っておらず、テーブルの上に広げて置いてあったといいます」

「父親の早川は、これを、どう思っているんだ？」

「息子の啓介が自殺したことが、今でも、まったく信じられないといっています」

「だが、この遺書があったので、あわら署は、早川啓介の死を、自殺と断定したわけだろう？」

「そうですが、両親は、その判断に、納得していませんね。この遺書の、どこが、おかしいのかきいたら、両親は、こういっていました。『亡くなった啓介は、性格の優しい、親想い、妹想いの息子だ。それなのに、この遺書のなかには、両親のことや、妹のことが、まったく書かれていない。だから、絶対に、おかしい』といっていました」

「確かに、これを読んでみると、自分のことは書いてあるが、両親のことや、妹のことには、まったく触れていないね」

「ですから、私には未完成の遺書だとしか思えないのです」

と、早苗が、いった。

「なるほど。遺書だとしたら途中まで書いて、いやになったような遺書ということだな」

十津川が、いうと、そばから、亀井が、

「そう考えると、こちらの、東京の事件のほうも、何となく、不自然に見えてきますね」

十津川は、あまりにも、簡単な、遺書らしきものを、早川啓介の遺書と並べて、机の上に、置いた。

確かに、似た感じの遺書である。長さの、長短はあるが、どちらにしても、未完成の感じがする。

宛て名を書いていないし、署名もない。

しかし、遺書だと思えば、遺書にも見えるのだ。

それに、二通の遺書とも、間違いなく、本人が、書いたものだという筆跡鑑定の結果も出ている。

その日の夜に入って、捜査会議が、開かれた。

会議では、この二通の遺書らしきものが、問題になった。

十津川は、二通を、パソコンに取りこみ、それを、壁いっぱいに、大きく映し出した。

それを見ながら、三上本部長に、説明した。

「まず、この二通が、遺書だと考えられても仕方がない点を、二つ挙げます。一番目は、間違いなく、本人の筆跡であることです。筆跡鑑定の専門家が認めています。二番目は、少なくとも、遺書と考えても、おかしくない文章だということです。早川啓介が書いたもののほうは『意味のない人生、意味のない生活、そうしたものに、何とかさよならをしたい』と、書いてあります。北川愛が書いた短いほうは『啓介さん、ごめんなさい』と書かれていて、短くはありますが、自殺の動機が、書いてあると認められます」

「なるほど。では、反対に、これが遺書として、おかしいと、考えられる点を、挙げてみてくれ」

「第一は、宛て名が、書かれていない上に、署名もない、ということです。第二は、文章です。確かに、これが、遺書だといわれても、別に、おかしくはありませんが、こちらの、早川啓介のものは、両親へのわかれの挨拶や、また、自分がいつも心配している、障がい者の妹に対する言葉が、まったく、ありません。短いこちらの北川愛のものも、同じです。彼女には、両親もいるし、親族もいるのに、そうした身内の人たちに対する言葉は、ありません。第三に、どちらの遺書も、読んですぐに、感じるのは、未完成ではないかということなのです。もっと、書きたいことが、いろいろあるはずなのに、なぜか、途中で、やめてしまった。二通ともそんな感じがします。第四に、短いほう、北川愛が書いたほうですが、この遺書が本物ならば、彼女は、この遺書を書いたあと、八階建ての、雑居ビルの屋上から飛び降りて死んだということになります。ところが、彼女が働いていたデザイン工房ジャパンの同僚たちにきくと、北川愛という女性は、極度の、高所恐怖症だったというのです。社員の誰もが口を揃えて、いっていますから、間違いないと、思われます。そうなると、高所恐怖症の女性が、果たして、八階建てのビルの屋上から、投身自殺をするものでしょうか？　そういう疑問が、出てきます」

「今の君の説明を、きいていると、少なくとも、北川愛の死に対しては、自殺ではなくて、他殺だと、考えているように思えるのだが、そう理解していいのかね？」

三上本部長が、きいた。

「この二つの遺書といわれるものを見つめているうちに、少なくとも、北川愛の場合は、自殺ではない。明らかに、他殺だと、考えるようになりました」

「その理由は？」

「今も申しあげたように、北川愛という女性が、極度の高所恐怖症だからです。もし仮に、彼女が、自殺をするとしても、八階建てのビルから、飛び降りて死ぬという考えは、浮かんでこないのではないでしょうか？　あの、八階建てのビルの屋上に、いくことすら、高所恐怖症の彼女には、できなかったと、私は、考えてしまうのです。そう考えると、何者かが、八階建ての屋上まで、北川愛を、連れていったとしか、考えられないのです。力ずくでです」

「そして、突き落としたか？」

「そうだと思います。ひょっとすると、すでに、八階建てのビルの屋上にあがった時には、北川愛は、失神していたのではないかと、想像します。そのまま、突き落とされたと考えるのが、妥当ではないかと思うのです」

「君は、四月八日に、越前の海で発見された早川啓介も、自殺ではなく、他殺だと、考えているんじゃないのかね?」

三上が、十津川の顔をじっと見て、いった。

「正直に申しあげれば、その可能性が、高いと思っています。ただ、こちらの事件については、すでに、あわら署が、自殺と断定して、捜査を打ち切ってしまっていますので、こちらからは、何もいえません」

「しかし、君は、他殺だと、思っているんだろう?」

「実は、この二つの遺書らしきものを、じっと見ていると、共通するものがあることに、気がついたのです」

「共通するもの?」

三上は、首をかしげた。

「この二つを、よく見ますと、ある言葉が、頭に浮かんでくるのです。作為という言葉です。ある意図を持って、書かれたものではないかという、そんな思いです」

「今の君の話からすると、この二つが、殺人事件なら、犯人が、何らかの、意図を持って、書いたということになるが、そういうことでいいのかね？」

「そうです」

「しかし、この二つとも、本人の筆跡であるということは、はっきりしているんだろう？　犯人が、ある作為を持って、書かせようとしても、反抗すればいいんじゃないのかね？　私には、別に強制的に、書かされたものとも思えないがね」

と、三上が、いった。

「そのとおりなんです。本人の書いたものに間違いありませんし、文字の乱れもありません。ですから、強制的に、脅かされて、書いたものとも思えません」

「それなのに、君は、この二つとも、犯人がいて、その犯人の意図で、書かれたものではないかと、推測している。犯人は、どうやって、この遺書らしきものを、書かせたのかね？」

と、三上が、きいた。

「そこまではまだ、考えておりません。しかし、見ているうちに、これは、明らかに、何者かによって、恣意的《しいてき》に作られたものだと、考えざるを得なくなってくるのです」

「殺人だということは、犯人がいるということだな」

「犯人がいるはずなのです」

「しかし、どんな人間が、どんな理由で、この奇妙な、遺書らしきものを作り、自殺に見せかけて、続けて、若い男女を殺したというのかね?」

「まだ犯人が、どんな人間なのかもわかりませんし、動機も、わかりませんが、今から一カ月前の四月に、犯人は、早川啓介という三十歳の男を殺そうと考えて、越前の海で、溺死させたのです。そして、彼が泊まっていた旅館に、遺書らしき、この文面を書いた便箋を、広げて置いておきました。さらに一カ月後の五月九日、今度は、東京で、北川愛という二十五歳の若い工業デザイナーを、こちらも、自殺に見せかけて、殺しました。この二人の間に接点があることが、わかりました。繰り返しますが早川啓介は、昭和精密機械という会社の、人型ロボットの、研究チームのリーダーでした。その人型ロボットのデザインを依頼されたのが、今回死んだ北川愛ということです。私は、一つのことを、考えました。犯人はこの若い二人を、はじめから、殺すつもりだったのではないか? それでまず、一カ月前に、自殺に見せかけて、早川啓介を、越前の海で殺しました。その啓介を、愛していた女性が、つまり、北川愛で、彼女は、恋人が、自殺してしまったその悲しさから、今度は、自分が、ビルの屋上から身を投げて、自殺した。そういうストーリーを、最初から、考えていたのではないか？　今、私は、そんなふうに、思っているのです」

「しかしだね、最初から、二人を殺すつもりだったのなら、何もこんな、まどろっこしいことはせずに、心中に見せかけて殺してしまえば、よかったんじゃないのかね？」

意地悪く、三上本部長が、きく。

「確かに、そのとおりですが、二人が心中するほど、愛し合っていたとか、あるいは、心中以外には解決できないような、悩みを持っていたとか、そういうことは、なかったんじゃないかと、思うのです。心中に見せかけて、二人一緒に、殺せば、犯人としては、楽でしょうが、すぐ怪しまれてしまいます。それでまず先に、男を殺しました。そのことに、ショックを受けた女性が、自殺してしまった。犯人は、そういうストーリーを、考えたのではないかと思うのです。これが、今回の事件の真相だと考えています」

「確認するが、君は結論として、この二つの事件は、どちらも、自殺に見せかけた殺人である。そう、考えているわけだね？」

「そのとおりです」

「しかしだな、再捜査をするにしても、あわら署を、説得することが難しいんじゃないのか？　何しろ一カ月前に、あわら署は、早川啓介の死を、自殺と断定してしまっているんだからな」

「ですから、私は、あわら署にいって、話し合ってみるつもりでいます」

6

次の日、十津川は、亀井刑事を連れて、あわら署に向かった。

十津川は、まず、本部長に挨拶し、続いて、この事件を、担当した広田という、三十代の若い警部に、会った。

広田は、東京の事件と、越前の海で死んだ早川啓介とが、関係があることを、しっていた。

十津川は、自分の考えを、広田に、ぶつけた。

四月に、越前の海で、溺死体となって発見された早川啓介のこと、五月九日に東京で、雑居ビルの屋上から、飛び降りて死んだと思われている北川愛のこと、この二人の間には、接点があることを話した。

広田警部は、十津川の話を、きき終わったあとで、

「実は、今日も、東京の早川啓介の父親から電話が、かかってきたんです」

「父親は、今も、息子の啓介が、自殺したとは考えていないんじゃありませんか？」

「そのとおりで、こちらとしても、対応に、困っているんですよ。東京で、新しい殺人事件が発生した。今日、早川さんは、そのことをいっていましてね。これでいっそう、息子の自殺が、信じられなくなった。同じ犯人が、自殺に見せかけて、啓介と、啓介と接点のあった北川愛という女性を、こちらも、自殺に見せかけて殺したんだろうといって、譲らないのですよ」

「あわら署としては、今も自殺説ですか？」

「そのとおりです。他殺だという、確実な証拠がない限り、殺人だと決めつけるわけにはいきませんから」

「その根拠は、やはり、死んだ、早川啓介が書いた遺書ということになりますか？」

「確かに、遺書としては、少しばかりおかしな点も、ありますが、虚心にこれを遺書だと考えれば、死を前にした人が、書いた文章なんですよ。それを、覆すような、新しい証拠が、見つかれば、こちらとしても、自殺説を撤回して、改めて捜査をやり直すつもりでいますが、今のところ、そうした強力な、証拠というのは、見つかっていません」

広田警部が、頑固に、いった。

「再度確認しておきたいのですが、早川啓介は、四月五日に、芦原温泉の『海潮館』に、チェックインしたんでしたよね？　それで、間違いありませんか？」

「そうです。芦原温泉にある『海潮館』という旅館に四月五日に、チェックインして、五日、六日には、永平寺や東尋坊などを見て回ったあと、七日にも、同じように、外出したのですが、そのまま帰ってきませんでした。行方不明になり、越前の海で、溺死体となって発見されたのです。亡くなったのは、四月七日から八日に、かけてだろうと、みられています。海水を飲んで死んでいることは間違いないので、われわれは、自殺と断定しました」

「ということは、こちらにきて、すぐに、亡くなったわけではないのですね？」

「今もいったように、四月五日に、芦原温泉の『海潮館』という旅館に、入りました。その時、早川啓介は、四月五日から十一日までの、七日間、こちらに泊まって、いろいろなところを見て回りたい。旅館の女将さんに、そういって、いたそうです。その言葉どおりに、こちらに、着いてから、早川啓介は、東尋坊を見にいったり、永平寺に参詣したりしています。これは父親がいっていたことですが、その後、福井市内の有名な、呉服店にいき、妹のために加賀友禅の着物を買って、それを、十一日以降に、東京の自宅に送ってくれるようにと、頼んでいます。その後、七日にも外出して、そのまま、行方不明になり、溺死体で発見されました」

「早川啓介は、十一日まで芦原温泉の『海潮館』に泊まるつもりでしたから、自分が東京に帰ってから、加賀友禅の着物が、届くようにしたかったのでしょう。その前に自殺するというのは、少しばかり、おかしいと思いますね」

「確かに、十津川さんのおっしゃるとおりですが、必ずしも、ある人間が予定どおりに、生きていくとは限りませんからね。着物を注文した時は、自殺するつもりが、なかったのに、その後、突然、自殺の衝動に、かられて、遺書を残して、自殺してしまったのかもしれませんよ。それを否定できますか？」

「確かに、そうですが」

今の十津川は、それに反論できる確かなものは持っていなかった。

数日後、早川啓介の父親、早川雄介が、東京からこちらにやってきた。どうしても息子が、殺されたような気がして仕方がないからだ。その証拠が、ここ越前海岸にあると、早川雄介は、考えていた。

第三章　投　書

1

あわら市での捜査を終え、東京に戻った十津川は、奇妙な事件だと、思っている。

四月八日、越前の海で、溺死体になって発見された早川啓介は、三十歳の若さながら、昭和精密機械で、人型ロボットの研究と製作のリーダーをやっていた。

五月九日に死んだ北川愛は、早川啓介よりもさらに若く二十五歳。上野にあるデザイン工房ジャパンというデザイン会社に勤務し、昭和精密機械が作っていた人型ロボットのデザインを、担当していた。

将来有望な、優秀な男女が、若くして、相次いで死亡する。それも、自殺と思われる死に方をしているのである。これは、明らかに異常である。異常と思わなければ、おかしいのだ。

死亡した二人には、遺書と思われるものが発見されている。そのためあわら署は、早川啓介の死を自殺だと断定した。

北川愛の場合も同じである。

しかし、その遺書について、疑問を持つ人たちがいて、十津川も、そのひとりである。

二つの遺書に共通した第一の疑問は、書き出しの宛て名がないということである。

早川啓介の遺書は、彼が泊まった旅館の便箋を使っているが、そこにも宛て名はない。

北川愛の場合は、たった一行の遺書だが、それを入れた封筒には、宛て名が、書かれていなかった。

二番目の疑問は、早川啓介の文章である。

早川は、両親の話によれば、家族思いで、特に、障がい者の妹のことを、いつも心にかけていたという。それなのに、なぜ、遺書のなかに家族に対する言葉がないのか？

これは、北川愛の場合も同じだった。

遺書というものは、たいていの場合、自分の気持ちを書いたり、家族への思いが記されているものなのに、北川愛の場合も、書かれてあったのはたった一行で、家族や友人、会社の上役などに対する言葉は何もなかった。

さらに、もう一つ、疑問点を挙げるとすれば、早川啓介にも北川愛にも、自殺をする動機が見当たらないということである。

早川啓介は、遺書のなかに、今までの自分の人生は、何の意味もなかったと、書いている。

しかし、早川は、勤めていた会社で人型ロボットの研究開発を任されていて、その人型ロボットが、いよいよ完成して、この十月には、大々的な披露パーティをする予定になっていたのだ。

そんな生き甲斐があるというのに、なぜ、自分の人生には、何の意味もなかったと書いたのだろうか？

北川愛の場合も、同じである。二十五歳で、会社では、主任デザイナーとして活躍していた。

彼女がデザインした人型ロボットが、十月には、発表されることになっていた。

それなのに、遺書に、なぜ、たった一行、

〈啓介さん、ごめんなさい〉

と書いて、死んでしまったのか？

十津川には、いくら考えても、それがわからないのである。

「もう一度、この二人について、徹底的に調べてみる必要がありますね」

と、亀井が、いった。

「そうだな。それでまず、今までに、わかっていることを挙げてみようじゃないか？」

「早川啓介は、昭和精密機械で人型ロボットの研究開発を担当するチームのリーダーでした。その仕事は、極めて順調にいっていました。対する北川愛は、その人型ロボットのデザインを、任されていました。今のところ、わかっているのは、それぐらいです」

「そうなると、二人は、人型ロボットを介して何回も会っているはずだ。つまり、お互いに、顔馴染みだったということだ」

「それでなかには、変なことをいう人もいるようです」

「どんなことだ？」

「これは噂ですが、人型ロボットの開発を通して、二人が、愛し合うようになっていたとしても、不思議はない。早川啓介のほうは三十歳で独身、北川愛は二十五歳で、こちらも、独身だから、仕事を通して知り合い、愛し合うようになっていたとしても、不思議ではない。ところが、その愛が破綻してしまった。仕事は、うまくいっていたが、北川愛との関係がうまくいかなくなったことに絶望して、早川啓介は、越前の海で、自ら命を絶ってしまった。一方、そのことにショックを受けた北川愛も『啓介さん、ごめんなさい』という遺書を残して自殺してしまった。こういう噂が流れているのです。確かに、一応、納得できる話ではあるんですが」

「なるほど。確かに話としては納得できるが、カメさんは、納得していないんだろう？」

「ええ、していませんよ」

「理由は?」

「あまりにも、できすぎた話だからですよ。何となく、作為を感じるんですよ」

「その点は、同感だな」

十津川は、前に早川啓介のことを調べた、三田村と北条早苗刑事の二人を呼んで、

「前にも、調べてもらったが、もう一度、早川啓介の会社の人間や、両親に会って、彼のことをきいてきてもらいたい。彼の仕事が、順調だったことはすでにわかっているから、調べてもらいたいのは、早川啓介の女性関係、特に、自殺した北川愛との関係なんだ。二人の間に、何か特別な関係があったのかどうか、そのあたりを重点的に調べてほしい」

二人が出かけていくと、十津川は、次に、西本と日下の二人を呼んだ。

「君たちには、北川愛について、調べてもらいたい。しりたいのは、三点だ。第一は、彼女が働いていた上野のデザイン工房ジャパンにいき、北川愛が、何かに悩んでいなかったかどうか。第二は、越前の海で死んだ昭和精密機械の早川啓介との関係だ。二人の間に、男女の関係があったのかどうか。第三は、北川愛の会

社での評判だ。同僚や上司に会って、調べてきてもらいたい」

2

三田村と北条早苗の二人は、昭和精密機械にいくと、前に会った松田という広報部長に面会を求め、改めて、早川啓介について話をきくことにした。

「早川啓介さんが中心になって、研究開発した人型ロボットですが、予定どおり、十月には発表されるわけですか？」

三田村が、きくと、松田広報部長は、大きくうなずいて、

「もちろん、マスコミを通じて、大々的に、発表しようと考えていますよ。それが、亡くなった早川啓介君のためになると、思いますからね」

と、いった。

「その人型ロボットのデザインですが、それを、先日亡くなった、北川愛さんが担当していたというのは間違いありませんね？」

「そのとおりです。デザイン工房ジャパンの北川愛さんという若い女性が、大変な才能の持ち主だということをきいて、彼女にやってもらうことにしたので

す」

「それで、結果は、どうだったんですか？　満足できるデザインが、できあがりましたか？」

「ええ、満足しました。素晴らしいものでしたよ」

「それでは、早川啓介さんと、北川愛さんとは、打ち合わせのために、しばしば会っていたんじゃありませんか？」

「仕事の打ち合わせですから」

「二人の間に、愛情のようなものは、生まれていませんでしたか？」

北条早苗が、きくと、松田は、笑って、

「そういうことは、私には、よくわからないので、早川君の同僚を、呼びますから、彼らに、きいてください」

松田広報部長が、紹介してくれたのは、早川と一緒に、人型ロボットの研究開発に取り組んでいた同僚の、男性と女性の二人だった。

その二人に、三田村と北条早苗が、きいた。

「問題のロボットですが、デザインは、デザイン工房ジャパンに頼んだわけでしょう？　向こうは、北川愛という、二十五歳の若いデザイナーが担当したから、打ち合わせのために、彼女とは、何回も、会っていたんじゃありませんか？」

「こちらから、どんどん要求を出しましたからね。二日三日と、続けて、こちらにきたこともありますよ」

と、男性社員が、いった。

「北川愛さんは、どういう女性ですか？」

「とにかく、頭のいい人です。こちらが要求することを、さっと取り入れて、デザインを考えてくれました。とにかくセンスがよかったですよ」

「こちらでロボットの研究開発をしているグループのなかで、早川さんは、そのリーダー格だったそうですね。だとすると、リーダーの早川さんと、デザインを担当していた北川さんとが、二人だけで、会って話し合うことも、あったのではありませんか？」

「ええ、そういうことも、あったかもしれませんけど、たいていは、メンバー全員が一緒になって、話し合いましたよ。そのほうが、いいアイディアが、出ますからね」

「早川啓介さんは三十歳で独身、北川愛さんも二十五歳で独身です。これは、下衆《げす》の勘繰りかもしれませんが、二人の間に、仕事を通じて、愛情が、芽生えていたということが、考えられるんですが、二人から、それらしい感じを受けたことは、ありませんか?」

「二人が、お互いのことを、どう思っていたのかはわかりませんけど、二人だけで会うことは、ほとんどなかったと思いますよ。とにかく、私たちは、新しい人型ロボットの研究開発に夢中でしたし、北川愛さんのほうだって、ロボットのデザインを考えることに没頭していましたから、二人で、愛情を育《はぐく》むような暇は、おそらく、なかったんじゃないですか?」

これは、女性社員が、いった。

「その仕事が終わったあとは、どうしたんですか?」

「北川さんを呼んで、一緒に、パーティを開きましたよ。そのパーティの写真もありますよ」

と、男性社員が、いった。

三田村と北条早苗は、その写真を見せてもらった。

早川啓介と北川愛が、並んで座っている。その周りを、昭和精密機械の同僚たちが、ぐるりと取り囲んでいる写真だった。どの顔も若い。そして、笑顔が輝いて見えた。

写真をいくら見ても、この時、早川啓介と北川愛の間に、愛情が芽生えていたかどうかはわからない。

ただ、二人とも、いかにも幸福そうに見える。

二人は、人型ロボットの研究開発とデザインで、励まし合い、協力し合って、完成に近づけた。

あとは、工場で人型ロボットができあがるのを待つばかりである。

その充足感が、どの顔にも表れているのだ。

「自殺をするような顔には、とても見えないわね」

早苗が、写真を見ながら、ぽつりと、いった。

3

西本刑事と日下刑事の二人は、上野にあるデザイン工房ジャパンを訪ねていた。

この会社には、男女合わせて三十人のデザイナーが働いているという。

まず、北川愛と仲がよかったという女性デザイナーに、話をきくことにした。

福田麻衣《ふくだまい》という、北川愛より三歳年上のデザイナーだった。

「あなたから見て、北川愛さんは、どういう女性でしたか？」

と、西本が、きいた。

麻衣は、笑って、

「そうね、まあひと言でいうのなら、天才かしらね」

「天才ですか？」

「そう、天才。事務所のみんなが、彼女の才能を認めていたわ」

「その彼女が、断定はできませんが、雑居ビルの屋上から、投身自殺をしたようにみえますが、それについて、あなたは、どう思いますか？」

今度は、日下が、きいた。

「絶対に、何かの間違い。彼女が自殺するなんて、考えられないわ」

麻衣が、強い口調で、いう。

「どうしてですか？」

「だって、最近の彼女は、生き生きとして、輝いていたもの。例の人型ロボットのデザインだって、うまくいって、依頼主の会社から感謝されていたし、その後、彼女を指名して、新商品のデザインを依頼してくる大会社が、たくさんあったわ。彼女は、そうした依頼を全部受けて、張り切って、仕事をしていたの。だから、彼女が、自殺するなんて、絶対に、あり得ない話だと思うわ」

「なかでも、人型ロボットのデザインは、一番、大きな仕事だったんじゃありませんか？」

「確かに、そうね。だから、彼女も、それだけ、一生懸命だったわけよ。毎日のように、昭和精密機械にいって、打ち合わせをしてた。でも、それが、うまくいって、彼女の手から、離れたので、次の仕事に取りかかっていたの。そんな時に、自殺なんかしないわ」

「次の仕事というのは、どんな仕事だったんですか？」

「ある大手の、家電メーカーから頼まれた、新しい時代感覚の、冷蔵庫のデザイン」

「それを、北川愛さんが、担当していたんですか？」

「メーカーのほうから、ぜひ、北川さんに、お願いしたいと指名されたので、彼女が担当したんだけど、それだけに、彼女も一生懸命だったわ。とにかく、彼女は天才で、どんなに難しい仕事でも、次から次へと、どんどんこなしていたから、面白くて仕方がなかったんじゃないかな」

「昭和精密機械の人型ロボットの責任者は、早川啓介という三十歳の独身のエンジニアだったんですよね」

「ええ、その人のことは、しっているわ」

「その早川さんと、北川愛さんとの間に、仕事を通じて、愛情が生まれていたのではないかという人が、いるんですが、あなたから見て、どうでした？　二人は、そういう感じでしたか？」

「確かに、二人は、いい雰囲気だったとは思うわ。彼女から、早川さんのことをきいたことがあるんだけど、悪い感情は、持っていなかったわね。でも、その頃の彼女は、今もいったように、仕事が、楽しくて楽しくて、仕方がないという、そんな感じだった。毎日毎日、図面と睨めっこしてたから、特定の男性との恋愛を楽しんでいる暇があったとは、とても思えないし、そんな気持ちで、早川さんと、接していたとも、思えないわ」

「しかし、北川愛さんの書いた遺書らしきもののなかに『啓介さん、ごめんなさい』という文言があったんですよ。この啓介さんというのは、明らかに、早川啓介さんのことだと、思うのですが、二人の間に、何の関係もなければ、そんなことを書いた遺書を残して、死ぬはずはないと思うんですがね」

「そのことなんだけど」

と、麻衣が、いう。

「その早川さんが死んだあとで、彼女にきいたことがあるの。ひょっとして、その早川さんという人、あなたのことが好きだったんじゃないかしらって」

「そうしたら、彼女は、どういったんですか?」

「彼女は、こういったわ。私は、早川さんには、特別な感情を持っていない。大事な仕事仲間のひとりよって、そういっていたわ。ただ、仕事が一段落したあとで、早川さんから、食事に誘われたことがあるんですって」

「それで、彼と一緒に食事にいったんですか?」

「いえ、いってないんですって。彼女がいうには、仕事が忙しくて、いけそうになかったので、断った。ただ、早川さんが、死んでしまったあとになってみると、申しわけないことをしたと、私には、いっていたわ。あの時の話の具合では、彼女が、早川さんに、特別な感情を持っていたとは、とても思えないわ。今もいったように、彼女は、仕事に夢中だったから、それ以外のことは、考えられなかった。そんな時期だったんじゃないかしら? それは間違いないと思うわ」

次に、西本と日下の二人は、横浜に住む、北川愛の、両親に会うことにした。

北川愛の両親は、西本と日下に向かって、何度も、

「あの子が自殺するなんて、とても信じられません。そんなことをするような子じゃないんです」

と、いう。

問題の日、五月九日は、杉並区永福町のマンションから実家に帰るという連絡があったのに、その日、遅くなっても帰ってこないので、心配していたら、こんなことになって、という。

「愛さんは、二十五歳と若くて、その上独身だから、異性関係で悩んでいたということは、ありませんか？」

西本がきくと、

「いや、それは、絶対にありません」

と、母親が、答えた。

「どうして、そう、はっきりと、いい切れるのですか？」

「今までずっと、あの子のことを、見ていましたから」

と、いい、

「あの子は、何か悩みがあると、私たちよりも、嫁いだ姉に、相談するんですよ。その姉も、何も相談を、受けていなかったといっているんです」

「愛さんを、誰か男の人が訪ねてきたり、無言電話が、かかってきたりしたことはありませんか？」

日下が、両親に、きいた。

「私がしっている限りでは、どちらも、ありませんよ」

父親が、怒ったような口調で、いった。

「愛さんが書き遺《のこ》した、遺書と見られる短い文面があるんですが、それは『啓介さん、ごめんなさい』というものだったんですよ。ご両親は、啓介さんとは、どういう人なのかわかりますか？」

「いいえ、最初は、わかりませんでしたけど、あとになってから、愛が、一緒に仕事をしていた昭和精密機械という会社に勤めるエンジニアだと、教えていただいたので、今は、よくしっています」

「亡くなった愛さんから、早川啓介さんのことを、何か、おききになったことはありませんか？」

「いいえ、ございません」

西本は、早川啓介の顔写真を、北川愛の両親に見せた。

「この人が、早川啓介さんなんですが、彼の顔に見覚えはありませんか？」

「ありません」

と、父親がいい、母親も、

「私も、見たことがありませんよ」

と、いった。

西本と日下は、北川愛の両親に話をきいたあと、永福町の彼女のマンションに向かった。そこはすでに、三田村と北条の二人の刑事が調べてはいたが、改めて彼女の部屋を確かめることにした。そこは、若い独身女性の部屋というよりも、若いデザイナーの部屋という雰囲気の部屋だった。本棚には英語、フランス語、ドイツ語などの工業デザインの本が、ずらりと、並んでいる。

パソコンも二台あり、部屋の隅には、デザイン用の机が置かれていた。

二台のパソコンに向かって、西本たちは、いろいろと検索してみたが、早川啓介の名前は出てこなかった。

ただ、昭和精密機械の人型ロボットのデザインをしている時に、早川啓介たち研究開発の担当者と一緒に、撮ったと思われる写真が何枚か出てきた。しかし二人だけで撮ったものではなく、いかにも若いエンジニアやデザイナーの集まりという感じの集合写真だった。

デザイン用の机の上には、さまざまな形の冷蔵庫の、デザインが置かれてあった。

これを見る限り、同僚の福田麻衣がいっていたように、死ぬ直前の北川愛は、大手家電メーカーから依頼された冷蔵庫の新しいデザインを考えることに、熱中していたとしか思えなかった。

西本たちは、このあと、北川愛の姉、美香《みか》に会いに出かけた。

五歳年上の美香は、サラリーマンと結婚していて、千葉《ちば》県船橋《ふなばし》市内のマンションで、会うことができた。

美香も、妹の自殺には、ただただ、びっくりしてしまい、何が何だか、わけがわからなかったといった。

「妹さんの遺書については、どう思われますか？」

と、日下が、きいた。

「遺書？　あんなもの、遺書なんかじゃありませんよ」

と、美香が、いう。

「横浜のご実家で、ご両親に会ってきたのですが、亡くなった愛さんは、お姉さんのあなたには、どんなことでも、相談していたときいたのですが」

「ええ、妹は昔からいつも、何か悩みごとがあると、すぐに私に、相談の電話をかけてきました」

「亡くなられる直前には、相談の電話はかかってきましたか？」

「いいえ、かかってきませんでした。それに、五月の五日には、愛と一緒に、夕食を食べたんですよ」

と、美香が、いう。

「五月五日というと、ゴールデンウィークの最後の日ですね？」

「ええ。上野で落ち合って、二人で久しぶりに、食事をしたんです」

「その時、どんな話をしたんですか？」

「愛は、その時、例の人型ロボットのデザインが終わって、次に、冷蔵庫のデザインを頼まれていて、私が、家庭の主婦なので、どういう冷蔵庫が、一番便利か、一番使いやすいかと、そんなことを、きいていましたね」

「その時、愛さんが、何か悩みごとを、あなたに打ち明けたことはありませんでしたか？」

「いえ、何もありません。彼女は、仕事が楽しくて仕方がないみたいでしたよ。会ったり、電話で、話したりしても、いつも仕事の話ばかりでしたよ。たまには、好きな男性の話でもしましょうよといったら、そんな話は、したくても、できない、今は仕事が恋人だからといって、笑っていましたね。それが、突然、自殺してしまったので、びっくりして、これは、何かの間違いだと思いましたよ。今でも、そう思っています」

と、美香がいった。

「しかし、愛さんは二十五歳と若いし、美人だし、普通に考えると、好きな人がいてもおかしくはないんですが、そういう話は、本当に出なかったんですか？」

「私も、会うたびに、いつも、早く好きな人を見つけて、私に紹介してよと、いっていたんですけどね。今もいったように、仕事がうまくいっていて、仕事に、のめりこんでいたみたいだから、しばらくは、恋愛をしないような気がしていたんですよ。私にもそんな時期がありましたもの」

「しかし、遺書らしきものには『啓介さん、ごめんなさい』と、ありました。それについては、どう思われますか？」

西本が、きいた。

「早川啓介さんって、例の人型ロボットを、作った会社の人でしょう？　その人のことは、愛から、何度か、きいたことがあります。勤務先の、昭和精密機械でも、三十歳の若さで、人型ロボットの研究開発チームのリーダーを、任されている人なんだって。それで、ひょっとしたら、妹は、この人のことが、好きなんじゃないかと、思ったんですけど、全然違いました」

「どうして、違っていると、わかったのですか？」

「妹から、いつだったか、その早川啓介さんのことで、こんな話をきいたことがあるんですよ。何でも、人型ロボットの仕事が一段落ついたあと、早川さんから、食事に誘われたんですって。でも、その時には、次の仕事が入っていて、忙しくて、いけそうもないので、断ったと、いっていました。もし好きだったら、何をさしおいても女は、食事にいきますものね」

美香は、福田麻衣と同じようなことを、いった。

西本と日下が、捜査本部に戻ると、三田村と北条早苗が先に帰っていて、十津川に、報告を、終えたところだった。

西本が、調べた結果を報告すると、十津川は、

「早川啓介のほうも、同じようなことだったよ。早川啓介と北川愛との間には、

恋愛感情は、なかったとしか、思えないね」

十津川が、いい、西本が、うなずいて、

「北川愛の両親や、五歳年上の姉に会って、話を、きいたのですが、その頃、北川愛は、仕事に熱中していて、恋愛感情の入る余地はなかったみたいですね。北川愛の、周りの人間は、みんなが、そういっていました。恋よりも仕事のほうが面白かった。そういう話しかきけませんでした」

「そうなると、二人の自殺が、ますます、不自然に思えてくるね」

と、十津川が、いった。

刑事四人の聞き取り捜査は、予想どおりのものだったが、十津川はほかにあることに期待していた。

そのことを、亀井にきかれて、十津川は、こんな返事をした。

「早川啓介も、北川愛も二人とも若い。その上、二人とも才能豊かで、早川啓介は、人型ロボットの研究開発のリーダーを、任されていた。北川愛は、そのデザインを、依頼され、続いて、大手の家電メーカーから、新しい冷蔵庫のデザインを頼まれるという売れっ子だった。つまり、時代の先端を、走っていた。当然、二人は、みんなに注目されていた」

「確かに、警部のおっしゃるとおりだと、思いますが」

「二人は、多くの人たちから注目され期待されていたんだ。その二人が、突然、不可解な死を遂げてしまった」

「そのとおりです」

「こうなると、その死に、疑いを持つ人間もたくさんいるはずだ。その上、われわれ警察が、捜査をしていることも、多くの人たちが、気づいている。とすれば、二人をしっている誰かが、警察に連絡してきて、自分が不審に思っている点を教えてくれるんじゃないか？　私は、それを、期待しているんだよ。こんなに、不可解な二人の死について、情報が、入ってこないことなど、あり得ないからね」

と、十津川が、いった。

4

十津川の予感は、当たった。

一通の手紙が、捜査本部に、送られてきたのである。

封筒の表は、捜査本部宛てに、なっていたが、差出人の名前は、どこにもない。なかには、便箋が一枚入っていて、パソコンで打たれた、文字が並んでいた。

〈私のお友だちに、二十歳になる女性がいます。

その彼女が、このところ、おかしいのです。ひょっとすると、自殺するのではないかと、心配しています。

その彼女が、こんなことを、いうのです。

『あの人が死んだのは、私のせいだ。私さえいなければ、あの人が死ぬことは、なかったのに。私は、悪い女です。でも、どうしたらいいのかが、わかりません。自殺する勇気もありません。ただひたすら、申しわけないと思って、暮らしています』

彼女はいつも、私の顔を見ると、申しわけないと、繰り返すのです。

あの人というのは、誰なのかと、彼女に、きくと、越前の海で亡くなった若い男性だというのです。おそらく、四月八日に越前の海で、溺死体となって、発見されたという早川啓介さんのことだと、思います。

この手紙が、捜査の参考になればいいと、念じています〉

次の捜査会議で、十津川は、その手紙を、三上本部長に渡した。

三上は、その手紙に目を通してから、あまり嬉しそうな顔を見せずに、

「君は、この手紙が、捜査に役立つと思っているのかね？」

「思っています」

「しかし、名前も住所も、書いていないじゃないか？　二十歳の女性がいて、彼女は、早川啓介が越前の海で死んだのは、自分の責任だといって苦しんでいる。書いてあるのは、それだけだ。手紙の主の身元も、わからないし、二十歳という女性の身元も、わからない。悪戯の可能性もある。越前の海で、早川啓介が、溺死体となって発見されたことは、新聞にも載ったし、テレビでも、放送されたわけだから、警察をからかいたくて、この手紙を、よこしたのかもしれない。君は、そうは考えないのかね？」

「私は、今回の事件は、今までの、殺人事件以上に、世間が、注目していると思っているのです。早川啓介は、昭和精密機械で、人型ロボットの研究開発チームのリーダーを、任されていたという逸材です。もうひとりの北川愛は、二十五歳

の若さで、チーフデザイナーとして活躍していたのです。時代の寵児《ちょうじ》のような二人の男女が、突然、死んでしまったのです。二人の知り合いが、このことを、不審に思わないはずは、絶対にありません。必ず警察に、そういう人たちから手紙が届くか、あるいは、電話が、かかってくると私は、期待していました。その最初の一通が、この手紙なんです。ですから、この手紙を無視すべきではないと、思っているのです」

「この手紙の主か、手紙のなかに書かれている、二十歳の女性が、四月八日に死んだ早川啓介の、恋人だった。その恋が破綻して、早川啓介が自殺した。君は、そう思っているのかね？」

「違います。早川啓介も北川愛も、愛情のもつれから自殺したのではないと私は思っています。何者かが、自殺に見せかけて、二人を殺したのだと、考えています。そのことを、しっている誰か、あるいは、その死について、妙な噂があることをしっている人間が、この手紙をよこしたに違いないと、考えているのです。私は、この手紙をまともに受け止めて、捜査を進めたいと思っています」

「君は、この手紙の主、あるいは、手紙のなかにある、二十歳の女性と、死んだ早川啓介とは、どんな関係にあると、思っているのかね？」

三上が、きいた。

「私は、こんなふうに考えています。早川啓介は、若くて、独身ですが、恋愛よりも仕事が面白くて、特に人型ロボットの開発に夢中だったのではないでしょうか？　ですから、この手紙の主も、二十歳の女性も、早川啓介と、恋愛関係にあったとは、考えにくいのです」

「しかし、この手紙をまともに受け取れば、文中の二十歳の女性が、早川啓介と、恋愛関係にあった。その恋愛関係がうまくいかず、そのことに悩んだ早川啓介が、越前の海で、自ら命を絶った。そういうことになるんじゃないのかね？」

「確かに、今、本部長がいわれたようにも、解釈できますが、私は、早川啓介が、死の直前に、恋愛問題で悩んでいたとは、とても思えないのです。ですから、この手紙の主、あるいは、手紙のなかにある二十歳の女性は、早川啓介と、恋愛関係にあったのではなくて、何かで、早川啓介の気持ちを傷つけて、死に追いやったのではないか？　そんなふうに、考えているのです」

「しかし、恋愛感情以外に、どんなことで三十歳の早川啓介を、傷つけたのかね？　君は、早川啓介は、女よりも、仕事に夢中だったといったじゃないか？　その仕事は、うまくいっていたんだよ。十月には、彼が、リーダーとして研究開発した人型ロボットのお披露目が、予定されていた。そんな時に、彼が傷つくことが、どこにあるのかね？　それとも、早川啓介が働いていた、昭和精密機械で、それらしい話をきいたのかね？　人型ロボットの研究開発が、本当は、うまく、いっていなかった。実は、失敗だった。そんな話を、君は、きいたとでもいうのかね？」

「いえ、そういった話は、まったくきいておりません。研究開発は、うまくいっていて、十月には、間違いなく、新しい人型ロボットが披露されると、今も、きいています」

「もう一つ、君にききたいが、この手紙の主は、以前から早川啓介と知り合いだったと考えているのかね？」

「それもないと、思います。今までにも早川啓介の関係者に会って、彼の女性関係をきいていますが、手紙の主らしき女性のことは、きいていないのです。もし、この手紙の主か、あるいは、手紙のなかの二十歳の女性が、前々から、早川啓介と知り合いだったとすれば、彼の友人知人たちから、それらしい話が漏れてくるはずです」

「手紙の主は、早川啓介とは、まったく、面識のなかった女性だと、思っているわけだね？」

「そうです」

「そんな女性が、どうやって、早川啓介を自殺、あるいは、死に、追いやることができたんだね？　そんなことを、簡単にやれる女性が、果たして、いるだろうか？　いたとしても、どうすれば、それができるんだね？」

三上は、矢継ぎ早やに、十津川に、質問をぶつけてきた。

「私にも、わかりませんが、間違いなく、この手紙の主は、何らかの方法で、早川啓介を、死に追いやった。私は、そう考えています」

十津川も負けずに、主張した。

捜査会議のあとの、記者会見で、十津川は、この手紙のことを、取りあげた。

「早川啓介さん、三十歳と、北川愛さん、二十五歳の二人の死について、捜査していますが、これといった進展はありません。遺書らしきものが見つかっていますが、われわれは、本当の遺書だとは、認めていません。何者かが、自殺に見せかけて、二人を殺したと、確信しています。ただ、それを証明することができないのです。そんな時、捜査本部宛てに、一通の手紙が、届きました」

5

十津川は、その手紙を、記者たちに披露した。

「この手紙には、今回の事件の真実が、含まれていると、確信しています。つまり、今回の事件の真相、越前で起きた早川啓介さんの死亡について、この手紙の主は、それが自殺ではないことを、しっていて、手紙を捜査本部に、送ってきたのだと、思っています。ただ、あまりにも内容が漠然としていて、これでは、警察は動くことができません。そこで、この手紙の主にお願いしたい。もう少し具体的に書いて、再度、届けてほしいのです。そうすれば、われわれは、今回の二つの事件を、自殺ではなく、殺人事件として、捜査を進めることができます。なお、もし、この手紙が、事件の解決に役立てば、この手紙をくださった方には、報奨金が出ることもつけ加えておきたい。その額は、おそらく、五百万円前後になるはずです」

十津川は、記者たちに報奨金の額まで口にした。

新聞は、面白がって、大きく取りあげてくれた。

その後、十津川は、期待して待ったのだが、二日三日と経《た》っても、第二の手紙は届かなかった。

そこで、十津川は、亀井を連れて、もう一度、越前海岸に、いくことにした。

こちらが動けば、手紙の主も動くと期待したのだ。

芦原温泉駅に着くと、あわら警察署の広田警部が、迎えにきてくれていた。

「新聞読みましたよ」

と、広田が、いった。

「十津川さんは、その手紙の主が、今度の事件の真相をしっていると、そうお考えになっておられるようですね？」

「ええ、そう、思っています」

「相手は、もう一度、手紙をくれると？」

「それを、期待しています」

二人は、広田警部が、用意してくれた、パトカーに乗った。

「それで、どこにいきますか？」

と、広田が、きく。

「やはり、東尋坊にいってください」

十津川が、いった。

東尋坊は、相変わらず観光客で一杯だった。

その観光客のなかから「広田さん」と声をかけるものがいた。

広田たちが振り返ると、そこになんと早川雄介がいた。

「なんで、また」

挨拶したあと、十津川が驚いていうと、

「私は新聞を読んで、ますます啓介の死は、自殺ではないと確信したので、ここへくれば何かわかると思ったのです。一緒に回らせてください」

と、早川がいった。

十津川たちは、まず、東尋坊に並んでいる、何軒かの、土産物店を回って歩くことにした。

まず、持参した、早川啓介の大きな顔写真を見せる。多くの土産物店では、早川啓介のことを覚えていた。彼のことが大きく新聞に載っていたからである。

十津川たちは、そこで、

「この男性と一緒に、二十歳くらいの若い女性が、いたと思うのですが、覚えていませんか？」

と、きいて回った。

しかし、早川啓介と若い女性が一緒にいたところを、見たという証言は、得られなかった。

次は、自殺志願者を説得するボランティアたちが、集まっている監視所である。その近くには、自殺を防ぐための、公衆電話が設置されている。

ボランティアの数は、五、六人だった。そこでも、十津川は、用意してきた早川啓介の写真を見せた。

ボランティアの人たちも、早川啓介のことを覚えていた。

「この早川啓介さんと、若い女性、おそらく二十歳くらいだと、思うのですが、四月六日か七日頃に、二人が一緒にいるところを、目撃された方は、いらっしゃいませんか？」

十津川が、きくと、六十歳くらいのボランティアの男性が、こんなことを、口にした。

「この早川啓介さんと、若い女性が一緒にいるところは、見ていませんが、若い女性がひとりでぽつんと、近くに、腰をおろしているところは、見ていますよ」

「それは、いつのことですか？」

「確か、四月の七日だったと、思いますね」

「その女性ですが、自殺をするように、見えたんですか？」

「私には、そう、見えましたね。ひとりで一時間近く、じっとしていて、動きませんでしたからね。何か、思いつめたような様子だったので、これは、声をかけたほうが、いいなと思っていたら、いつの間にか、いなくなってしまいました。それで、ほっとしたんですよ。その日に、東尋坊で、自殺した人は、ひとりも、いませんでしたから。そうしたら、次の日の八日に、沖合いで、この写真の人、早川さんというんですね。この人が、溺死体で見つかったんです」

この話だけではその若い女性が、問題の手紙の主か、あるいは、手紙のなかに書かれた二十歳の女性かどうかは、わからない。

「年齢とか、容姿とか、どんな女性か、覚えていますか？」

と、亀井が、きいた。

「ええ、よく、覚えていますよ。こちらも、彼女の様子が心配で、じっと、見ていましたからね」

そのボランティアの男性が、いう。

そこで、女性の似顔絵を、作ることにした。

一時間近くかけて、似顔絵というよりも、その女性の、全身像といったほうがいいかもしれない、そういうものが、できあがった。

「ここから三十メートルほど離れたところにいましたよ」

彼女は、黒っぽいコートを羽織り、帽子をかぶっている。

「この女性ですが、何か、特徴はありませんでしたか？」

十津川が、きくと、

「ここからの角度では、よくわからなかったんですけど、胸に一輪、赤いバラを、挿《さ》していましたよ」

「赤いバラの花を一輪、胸に挿して、いたんですか？」

「そうですよ」

「自殺志願者が、そんな目立つ格好をするものでしょうか？」

と、亀井が、きいた。

「それは何ともいえません。自殺はしたいが、その反面、誰かに、止めてもらいたい。そういう気持ちの人間だったなら、わざと、目立つように、赤いバラを、胸に挿していてもおかしくありませんから」

と、ボランティアの男性が、いった。

「広田警部は、この女性のことを、きいたことがありますか?」

と、十津川が、きいた。

「早川啓介さんの、死体があがった日、この周辺で聞き込みをやっていますが、この女性のことは耳に入ってきていません。しかし、この女性と、死んだ早川啓介さんが、知り合いだったという証拠は、何もないわけでしょう? 何の関係もない、赤の他人かもしれませんよ」

と、広田が、いった。

確かに、広田のいうとおりなのだ。

ただ、早川啓介の自殺がおかしいとすれば、それに関係のある何かがなければならないのだ。

十津川は、ほかのボランティアの人たちに向かって、

「皆さんは、これまでに、何人もの自殺志願者を、見ていると思うのですが、この女性のように、胸に、赤いバラの花を挿していた自殺者を、見たことはありますか?」

「いや、そういう派手な格好をした、自殺者というのは、今までに、ひとりも見たことがありませんね」

ひとりが、いい、ほかのボランティアも、うなずいた。

とすると、問題の女性は、自殺志願者ではなかったのだろうか？

胸に赤いバラの花を挿していたのは、誰かと、東尋坊でデートをするので、待ち合わせのための目印として、つけていただけなのか？

次に、できあがった似顔絵を持って、再度、東尋坊の、土産物店を回ってみた。すると、その一軒で反応があった。

四月七日、黒いコートを羽織り、胸に赤いバラを挿した若い女性が、ラーメンを食べに、寄ったというのである。

その店の、四十歳くらいの女将さんが、十津川の質問に、答えて、

「四月七日のお昼頃でしたよ。この女の人がひとりで、入ってきて、ラーメンを注文したんです。胸に赤いバラの花を挿していたので、よく覚えているんですよ」

「彼女は、四月七日に、ひとりでここに寄ったんですね？」

「そうですよ」

「四月七日というのは、間違いありませんか？」

「間違いありませんよ。次の日に、ここの沖合いで、男の人の溺死体が見つかっ

て、大騒ぎになったんですから」

と、女将さんが、いった。

「その女性ですが、ラーメンを、注文したんですね？」

「ええ、そうですよ」

「ずっとひとりでしたか？」

「ええ、ひとりで、ラーメンを食べて、ひとりで帰って、いきましたよ」

「食事をしている間は、どんな様子でしたか？」

「別に、変わったところはありませんでしたね。普通でした。ああ、そういえば、食事の途中で、どこかに、携帯電話をかけていましたよ」

と、女将さんがいう。

「ラーメンを注文して、それを食べている途中に携帯電話をかけたんですね？」

「ええ」

「もちろん、どこにかけたのかは、わかりませんね？」

十津川が、いうと、女将さんは、笑って、

「もちろん、わかりませんよ」

「店に入ってきて、ラーメンを注文して、それを食べながら携帯電話をかけて、帰っていったんですね？　その間、何かおかしなところは、ありませんでしたか？」

「別に、何もありませんでしたよ。大声を出して迷惑をかけたわけでもないし、泣きわめいたわけでもないし、普通にラーメンを注文して、食べていっただけですよ」

第四章　男と女

1

あわら市から東京に戻った十津川と亀井は、今までの捜査に、欠けているものがあると、気づいた。

問題は、早川啓介と北川愛という、若い二人の技術者とデザイナーである。

この二人は、相次いで死亡したため、十津川たちは、二人の関係を主に、調べてきた。

二人は、人型ロボットの研究開発に協力してきた。

その仕事の上で、何か問題を起こして、どうにもならなくなり、相次いで、自殺を図ったのか？　あるいは、若い二人のことだから、仕事を通じてつき合っている間に、愛情が生まれて、そのプライベートな面が、こじれて死を選んだのか？

しかし、いくら調べても、二人の間に、愛とか、憎しみとかといった感情があったという証拠は見つからないのである。つまり、二人の間の感情を自殺、あるいは、殺人の動機として、考えてきたのが間違いではないかと、十津川は、思ったのだ。

そこで、これからは、早川啓介と北川愛という男女について、二人の関係ではなくて、二人の、個々の性格とか、人間関係を、調べることに決めたのである。

まず、北川愛である。

彼女個人の性格、家族関係などを、調べるために、三田村刑事と、北条早苗刑事の二人を、彼女が働いていた上野のデザイン工房ジャパンにいかせて、友人、あるいは、上司などから、北川愛について、話をきいてくるように、指示を与えた。

十津川自身は、亀井と、早川啓介が働いていた、昭和精密機械に足を運んだ。

そこで、松田という広報部長に、会った。

「亡くなった早川啓介さんについて、もう一度、おききしたいことがありまして、それで今日、お伺いしたのです」

十津川が、切り出すと、松田は、眉をひそめて、

「先日、お宅の刑事さんに、すべてお話ししましたよ。これ以上、早川君のことで、お話ししなければならないようなことはありませんが」

「それはわかっていますが、どうしてももう一度、早川さんのことで、おききしたいと思いましてね。彼は、三十歳の若さで、人型ロボットの研究開発チームのリーダーをしていたときいていますが、間違いありませんか？」

「そのとおりですよ。早川君は、若いが、才能もあり、人を統率する能力にも長《た》けていましたからね。研究開発部門のリーダーを、やって、もらっていました」

「最初から、早川さんが研究開発部門のリーダーだったのですか？」

「いいえ。早川君の前は、荒木修《あらきおさむ》という、これも、優秀な技術者が、リーダーをやっていました」

「その、荒木修というのは、どういう人ですか？」

「年齢は、早川君より十歳上でしてね。彼も、ロボットのことに関して詳しいし、非常に、優秀な技術者でしたよ」

「その荒木修さんに代わって、十歳若い早川啓介さんが、リーダーになった。それには、それ相応の理由が、あったんでしょう？　それを、しりたいのですが」

「今もいったように、荒木君も、優秀な技術者で、ただ単に、技術的なことだけを比べれば、荒木君のほうが、早川君よりも優秀だったかもしれません」

「それなら、なおのこと、荒木さんから早川さんに、研究開発部門のリーダーが代わった理由をしりたいのですが。荒木という人が、何か、仕事上で、問題を起こしたんですか？」

「いや、そういうことは、ありません」

「それなら、どうして？」

「荒木君は、早川君よりも、優秀でした。ただ、性格が、きつかったんですよ。自分の下で働く人間に対して、あまりにも完璧を求めすぎた。だから、自分の下で働く技術者が、何か、ミスをすると、どんな小さなミスでも、それが、我慢できなくて、叱り飛ばしていたんですね。そうすると、技術者たちが、荒木君を怖がって、萎縮してしまうのですよ。彼を尊敬はするのですが、一緒に、仕事をやりたくない。チームのなかに、そういう、空気が生まれてしまいましてね」

「その点、早川さんは、部下に優しかったわけですか？」

「そうですね。早川君ならば、誰もが、ついていこうという気持ちになる。荒木君では、技術者としては尊敬するが、ついていこうという気持ちになれないという人が、多くなっていったんです」

「つまり、人望が、あるか、ないかということですね？」

「ええ、そうです。荒木君には、人望がないが、早川君は人望があったということです。荒木君がリーダーでは、研究開発部門全体が、うまくいかない。それで、早川君が、新しいリーダーに抜擢されたのです」

「荒木さんは、今、どうしているんですか？」

「荒木修君は、優秀で仕事のできる人間なんですが、自尊心が、あまりにも強すぎた。だから、自分は、研究開発部門から、追い出されたと、考えてしまったんでしょうね。その後、うちをやめて、ライバル会社の、同じく、ロボットの研究開発部門で働いています」

「そうですか。ライバル会社に移籍したんですか」

「そうです」

「早川さんと交代した時、荒木さんが、やめることは、予想がつきましたか？」

「ええ、予想していましたね。自尊心の強い人間ですからね。上のほうでは、ずいぶん悩んだと、きいています。荒木君は優秀な技術者でしたからね。早川君をリーダーにしたいが、そうすると荒木君が、うちを、やめてしまうかもしれない。結局、そうなっても、結果的に、早川君をリーダーにしたほうが、人型ロボットの研究開発がスムーズに進むのではないかと考えて、上のほうが決断したときいています」

「松田さんの話をきいていると、早川さんは、人一倍人望が厚いように思えますが、それで、いいですか？」

「そうですね。人望が厚いといえば、そのとおりです」

「それは、研究開発部門のリーダーとして、いい性格ですか？　それとも、マイナスの性格ですか？」

「それについては、いろいろなことを、いう人がいますがね、結果的に、早川君の指導で、人型ロボットの、一つの成果をあげることが、できたわけで、よかったのだと思いますね。ただ別の見方をする人もいますね」

「どんなふうにですか？」

「これは、最近までしらなかったのですが、二、三年前、早川君は、ライバル会社から、引き抜きをかけられたことがあるんです。給料とか、ボーナスの待遇面でも、うちよりも、かなりいい条件だったようですよ。ところが、早川君は、あっさり断ったんですよ。それを、あとになってからしりました。これなんかは、早川君が、人情に厚いということが、わが社にとってプラスになったんじゃないかと、思いますね」

と、松田が、いった。

「早川さんの父親が、最近まで、この会社で働いていたことは、きいておりますが、親子の間は、うまくいっていたんでしょうか？」

「とても、うまくいっていたと思いますよ。だからこそ、早川君が、亡くなったあとで、お父さんが、必死になって、なぜ、息子が自殺をしたのか、それを、調べているんだと思いますね」

「早川さんの父親、早川雄介さんは、定年まで一年を残して会社をやめていますね？　なぜ、一年前に、やめたんでしょう？」

「私が、本人に、きいたところでは、自分は前々から、なるべく早く退職して、妻と二人で、老後を楽しみたい、そう思っていたが、息子の啓介が、ロボット研究開発部門の、リーダーになったので、安心してやめる気持ちになったと、いっていましたね」

十津川と亀井は、研究開発部門で早川啓介と一緒に働いていた、若い技術者数人に、集まってもらって、早川啓介に関して何かエピソードがあるかどうかをきいてみた。

男性の研究員のひとりが、こんなことを、話した。

「早川さんは、健康のために、毎朝起きるとすぐ、家の近くを、三十分ほど、散歩していたそうです。ある日、散歩の途中で、捨て猫を、拾ってしまったんだそうですよ。その猫は、まだ、目が見えなくて、生まれたばかりで、弱っていたので、急いで家に連れて帰って、温めてやったり、いろいろと介抱したのだが、死んでしまった。早川さんは、その後、また、捨て猫に出会うんじゃないか？　そう思うと、怖くなって、次の日から朝の散歩に、いくことができなくなってしまったそうです」

若い女性の研究員は、次のような話をしてくれた。

「早川さんの妹さんは、交通事故に遭って、現在は、障がいをおっています。そのせいもあるのか、若い女性が、困っているのを見ると、どうしても、助けて、あげたくなってしまうんだ、というのをきいたことがあります。それを、早川さんは、自分の、長所でもあるけど、短所でもあるといっていました。自分の近くに、そういう女性がいるとわかると、女性のことが気になって、仕事に身が入らなくなってしまう。だから、それが短所でもあるといっていました」

「プライベートでもそういうことがあったんですか？」

亀井がきくと、
三人目の研究員の青年が、こんな話をしてくれた。

「僕たちが、よくいく喫茶店が、会社の近くに、あるんですよ。その店に、高校を出たばかりの若い、ウェイトレスがいたんです。確か、去年の暮れだったと、思うのですが、僕たちが、お茶を飲みにいったら、元気がないので、話をきいたら、十万円のボーナスをもらった。ところが、家に帰る途中、何者かに、殴られて、十万円を引ったくられてしまった。それで元気がなかったというのです。可哀相だなと、同情はしましたが、僕らには関係がないし、十万円なんて金はないし、そのままにしておいたんですよ。ところが、早川さんは、気の毒だと思ったのか、十万円を、ウェイトレスに渡して、ほかの人には、黙っていなさいと、いったんだそうですよ。ところが、あとになって、この話が、真っ赤な嘘で、そのウェイトレスは、早川さんから、十万円もらうと、さっさと喫茶店をやめて、姿を消してしまったんですよ」

「早川さんは、若いウェイトレスに、まんまと騙されてしまった。そういうことですか？」

「それで、僕は、早川さんに、いったんです。人にあまりにも、優しすぎるのも、よくありませんよと。これからも、早川さんが、誰かに騙されてしまうのではないかと、心配なんですよと」

「そうしたら、早川さんは、何と、いったんですか？」

「困っている人を見たら、見すごせない。生まれつきの性分だから、仕方がない。あのウェイトレスの時も、あのまま何もしないでいたら、気まずくなって、店にいけなくなってしまう。確かに、騙されはしたが、これですっきりした。そういって、笑っていましたね。たぶん、早川さんは、これまでにも、何回か、同じように騙されたことがあったんじゃないかと思いました」

「なるほど。あなたは、早川さんの優しさを、欠点だと、思っているわけですね？」

「必ずしも、欠点とは思いませんが、損な性分であることは、確かなんじゃ、ありませんか？　あれだけ頭がいいのに、どうして、あんなに、あっさりと、騙されてしまうのか？　それは、リーダーの、優しさでしょう？　美点かもしれませんが、僕なんかから見れば、欠点としか、思えませんよ」

しかし、早川啓介が、死んだ今も、集まった人たちは、誰もが、口を揃えて、早川啓介のことが、好きだといい、尊敬していると、いうのだ。

2

上野の、デザイン工房ジャパンにいった三田村と、北条早苗の二人は、デザイナー数人に、集まってもらった。そのなかには、以前に話をきいた福田麻衣という、北川愛の親友もいた。

その福田麻衣が、

「北川さんと、昭和精密機械の早川啓介さんの関係だったら、私たちには、何も、わかりませんよ」

と、いきなり、いった。

北条早苗刑事が、笑って、

「今日は、早川啓介さんとの関係を、ききにきたんじゃないんですよ。北川愛さんの、性格とか、どんな趣味を持っていたのかという、北川愛さんの個人的なことをしりたくて、皆さんに集まっていただいたのです。彼女が、とても優秀なデザイナーだったことはわかっていますが、ひとりの女性としては、どうだったのか。愛すべき、女性でしたか？　それとも、冷たい、親しみにくい女性でしたか？」

「私が、北川愛さんと、二人だけで、京都《きょうと》にいった時だったかしら？　当時占いが、流行《はや》っていて、私たちが、泊まったホテルのコーヒールームにも、千円を払うと占ってくれるコーナーが、あったんですよ。私も、北川愛さんも、占いが好きだから、見てもらいました」

「それで、北川愛さんには、どんな占いが、出たんですか？」

三田村が、きいた。

「今でも、どんな占いが出たか、よく覚えているんです。そこにいた占い師が、北川愛さんに向かって、いきなり、こういったんですよ。『あなたは、情よりも、才気というか、知《ち》が、強すぎるから、そんな、綺麗な顔をしているのに、男性が、あまり寄ってこないでしょう？』と、いったんです」

「その占い師は、北川さんに向かってほかに、どんなことを、いったんですか?」

「こんなことも、いっていました。『あなたは頭が切れて、その上、自己主張が強いから、仕事の面では、たぶん、成功するでしょう。しかし、異性関係では、失敗するかもしれませんよ』と、いったんです」

「北川愛さんは、その占い師の言葉をきいて、何かいいましたか?」

「彼女、占い師に、こんなふうに、きいていましたよ。『私は、仕事で成功しても、私生活では失敗するんですね? 両方うまくいくようには、できませんか?』と、真面目な顔できいていましたよ」

「そうしたら?」

「占い師は『そんなあなたを受け入れてくれる男性が現れたら、うまくいくかもしれませんが、どちらかが、犠牲になることを覚悟しておいたほうがいいですよ』といっていました。あとで私が、北川愛さんに『お金を取っているんだから、こちらが嬉しくなるようなことをいったら、どうなのかしら? きいていて、腹が立ったわ』と、いったんです。そうしたら、彼女は、何もいわずに、笑っていました」

「笑っていましたか」

と、早苗が、いうと、福田麻衣は、

「そういえば、北川愛さんは『しばらくは、仕事に精を出して、いつか、こんな私でも、好きになってくれる男性が現れるのを、待つことにするわ』と、いっていましたね」

「やはり、早川さんとは、何もなかったんですね？」

三田村が、きいた。

「北川愛さんは、その頃、仕事第一でした。早川さんのことも、仕事の仲間としては、尊敬していたかもしれませんが、男性としては見ていなかったんじゃないですか。私は、そんなふうに、思いますけど」

と、福田麻衣が、いった。

「ほかに、北川愛さんは、こんな女性だったとか、ここが長所で、ここが欠点だったというようなことに、気がついた人がいれば、どんなことでも教えてもらえませんか？」

北条早苗が、みんなを見た。

しかし、全員、黙ってしまい、それ以上の話をきくことは、できなかった。

三田村と北条早苗は、北川愛が、卒業したM大学の同窓生、特に、同じデザイン学科の、同窓生を捜して、話をきくことにした。

M大学にいき、事務局で、現在、東京に住んでいるデザイン学科の、同窓生の名前と住所、連絡先の電話番号を、教えてくれるように頼んだ。

二人の同窓生を紹介された。

ひとりは、三崎豪《みさきごう》という男で、現在、神田《かんだ》にあるデザイン関係の、専門誌を出している、出版社に勤務していた。

二人は、出版社にいって、三崎豪に、会った。

三崎は、こんなことをいった。

「北川愛ですか？　彼女は、間違いなく、僕の、ライバルでしたよ」

「ライバルというのなら、デザイン学科の全員が、そうだったんじゃ、ありませんか？」

早苗が、いうと、三崎は、笑って、

「男子学生の場合は、男同士ですから、最初から、友だちでもあり、同時に、仕事の上で、ライバルでもあるわけですよ。相手が、女性の場合は、ちょっと、違いますよ。ライバルであることには、変わりがありませんが、どこかで、女を感じてしまいます。それが、北川愛の場合は、ちょっと違うんですよ」

「どう違うんですか？」

「彼女は、なかなかの、美人ですから、最初に会った時は、ライバルというよりも、女性でしたね。どうしても女性として見てしまったんです。でも、すぐに、間違いだということが、わかりました。彼女は、四年間、何よりも、僕にとって一番のライバルでしたよ」

「今のお話ですが、言葉としてはわかるんですがね。けどね、何か、例を出して、もう少し、具体的に、話してもらえませんかね？」

三田村がいうと、

「どう説明したら、いいのかな？」

三崎は、しばらく、考えていたが、

「彼女以外の、女性と二人で、新しいデザインについて、話し合っていたとするでしょう？　時々ですが、ちらりと、その相手に女の部分が見えるんですよ。そうすると、議論で負けても、それほど、悔しいとは、思わなくなってしまうんです。負けても、つい、にやっとしてしまう。相手が、女性だと、どうしても、そうなってしまうんですよ。ところが、北川愛の場合は、違うんです。同じ女性でも、二人で話し合っていても、女が、ちらちらしないのですよ。ですから、彼女と、議論をしている時は、絶対に、負けたくない気持ちになってしまうんです」

「どうしてですか？」

「おそらく、彼女が、そんなふうだから、負けると、悔しくなるからでしょうね。ほかの女性の時は、負けてにやにやしてしまうんですよ。僕だけじゃなくて、デザイン学科の、ほかの連中も、みんな、そういっていましたね。あの北川愛だけはどこか別だって」

「何となくわかってきました。ほかの女性の場合は、議論に負けても、それほど悔しくはない。時には、にやにやしてしまう。ところが、北川愛さんだと、負けると悔しい。そういうことですね」

「そうです。なぜなのか、よくわからないんですがね。それも普通の話をしている時も、そういう気持ちに、なってしまうことがありますから、北川愛という女性は、最初から、そういうものを持ち合わせていたんじゃありませんか」

結局、三崎豪の話は、何となく、わかるものの、しっくりと、伝わってこなかった。

3

三田村と北条早苗が、北川愛の話をききたくて次に会ったのは、飯田景子《いいだけいこ》という、同じくデザイン学科の同窓生だった。

「彼女、美人です」

と、いきなり、飯田景子は、三田村と、北条早苗に、いった。

「大学時代というと、ミスキャンパスに選ばれたとか」

「あれだけの、整った顔だから、ミスキャンパスを選ぶ時に、たいてい、北川愛さんが、選ばれるだろうと、誰もが、思うんですよ。でも、結局、一度も、選ばれなかったんです」

「ミスキャンパスは、学生の投票によって、決まるんでしょう?」

「ええ、そうです」

「誰もが、北川愛さんが、ミスキャンパスに選ばれるだろうと、思っていた。それなのに、一度も、選ばれなかったということは、人気がなかったということですね?」

「そうなんだけど、それが、不思議だった。だって、女の私から見たって、彼女、美人ですもの。もし、私たち女性に敬遠されても、男子学生はみんな、北川愛さんに、投票すると、思っていたのに、男子の票も、あまりないの。それがとっても、不思議で。普通は、女から嫌われたら、逆に、男に人気が出る。そういうものでしょう？」

「美人なのにもかかわらず、男子学生からの投票も少なかったんですね」

「ええ。そうなの」

「飯田さんは、卒業してからも、北川愛さんと、つき合いがあったんですか？」

「いいえ、デザイン工房ジャパンに入った彼女は、すぐに、重要な仕事を任せられて、すごく、仕事が忙しくなって、卒業後は、ほとんど、会っていないんですよ。私は、社会人になったんだから、きっと女らしくなって、男性にもてているんじゃないかと思っていたんですけど、違うんですか？」

「デザイン工房ジャパンでも、彼女は、素晴らしい才能の持ち主だと、みんなから、いわれていますが、男女関係は、まったくなかったみたいです」

早苗が、いうと、飯田景子は、

「それじゃあ、彼女が殺されたのは、男性との愛情の縺《もつ》れじゃ、なかったんですか？」

「どうやら、違うようですね」

三田村が、答えた。

「でも、週刊誌のなかには、仕事で協力していた、昭和精密機械の若い技術者がいて、彼と何か関係があったみたいに書いていたのもありましたけど、違うんですか？」

景子が、きく。

「ええ、そういう噂があったことは、間違いありませんが、われわれが、調べてみると、それは、単なる噂だとわかりました」

「北川愛さんですが、自分の人生を、自分で、計算しているところは、ありませんでしたか？」

「自分で、計算しているというのは、どういうことですか？」

「北川愛さんは、人生の設計を、きちんと、していたんじゃないかということなんですよ。いつ頃までに、デザイナーとして成功すればいいか、何歳までに、結婚をして、何歳までに、子供を作る。そういう人生設計をしていたのではないかということなんですが」

「ああ、そういう意味ですか。確かに、彼女には、学生時代から、何となく計算しているようなところが、ありましたよ。たぶん、それで、何となく彼女に、冷たい感じがしていたのかもしれませんね」

と、景子が、いった。

4

二人は、捜査本部に戻ると、調べてきた結果を、十津川に、報告した。

二人の話をきき終わると、十津川は、笑いながら、

「なかなか、面白いね」

と、いった。

「面白いですか？」

「ああ、面白いよ」

「どこが、ですか？」

「京都のホテルで、北川愛が、占い師に見てもらった時の話だよ。占い師が、彼女にいったという言葉が、面白いんだ。知と情、そのうちの知のほうが勝って

いるから、仕事の面では、成功するだろうが、愛情問題では失敗する可能性が強い。この占い師の言葉は、なかなか、面白い。ある意味、北川愛の性格や人生観、あるいは、生活そのものを、しっかりと占っている。そんな気がするね」

「私は、北川愛という女性が、自分の人生設計を、きちんと、してしまっていた。そこが、面白かったね」

と、亀井が、いった。

「こうして見ると、二人は、まるっきり、正反対だな」

十津川がいうと、早苗が、

「早川啓介と、北川愛のことですか？」

「ああ、そうだ。まったく違うから、面白いんだ。北川愛と、早川啓介は、正反対だからね。北川愛のほうは、知と情のなかで、知のほうが、勝っている。早川啓介のほうは、逆だ。情のほうが、勝っているんだよ」

「正反対の、性格だと、かえってうまくいきそうに思うんですが、どうして、できなかったんでしょう？」

と、早苗が、きく。

「二人は、その前に、死んでしまったからだろう。二人が死ぬまでの間には、北川愛のほうは、仕事の成功が、人生の設計図のなかに入っていたが、恋愛は、入っていなかったんだよ。だから、二人は、一緒に仕事をやっていたのに、男女の関係が生まれなかった。そんなふうに、考えているがね」

「北川愛は、知が情に、勝っていたわけですよね？」

「そうだ」

「だとすると、彼女の性格は、デザイナーの仕事に役立っていたと思います。ですから、北川愛は人型ロボットのデザインに成功することができたんですよ。それに、次の、冷蔵庫のデザインを、頼まれたのです。北川愛は、仕事の面では、順調そのものですが、早川啓介のほうは、どうだったんですか？」

早苗が、十津川に、きく。

「早川は、彼をしっている誰もがいうのは、明らかに、情のほうが強いということだ。普通、情の部分が強いと、仕事の際に支障をきたすこともあると思うが、人型ロボットの、研究開発についていえば、彼の性格が、仕事をスムーズに進めるのに、役立っていた。つまり、部下に信頼されていたんだ」

「わかります」

「情に厚い早川啓介が仕事でうまくいって、全員が一生懸命に、仕事に取り組んだので、九月までに、新しい、人型ロボットを、完成させる見通しが立っていた。ところが、早川啓介は、突然、越前の海で、死んでしまった。泊まっていた旅館の部屋に遺書らしきものがあったので、自殺だと、見られているが、私は、信じない。早川啓介には、自殺しなければならない理由が、何も、ないからだ」

「早川啓介の自殺には、私も、疑いを持っています」

と、亀井が、いった。

「今もいったように、私は早川啓介が自殺したとは、思っていない。しかし、いくら調べても、事故死や殺人の線が、出てこないんだ。いや、出てこなかったんだ。そこで今回、早川啓介と北川愛のプライベートの面を調べてみた。それを、今回の事件と、繋げてみようじゃないか」

十津川が提案した。

十津川は、きいてきた、早川啓介のエピソードを、黒板に、書き並べていった。

「ここに書いた早川啓介のエピソードは、いずれも、知と情のうち、情のほうが、強いものばかりだ。このなかの、どれが、今回の事件と、結びついているか、それを、考えてみようじゃないか」

「まず、捨て猫を、拾った話だ」

十津川の声で、刑事たちは、黒板に書かれた文字を、目で追った。

「早川啓介が、朝の散歩の時に、子猫を拾ったというエピソードですが、この話と、早川の死は、結びつくとは思えません」

と、三田村が、いう。

「君は、どうだ？」

十津川が、早苗に、目を向けた。

「私も、三田村刑事に、同感です。今回の事件に、猫が絡んでいれば、このエピソードが、殺人に、結びつく可能性もないわけではありませんが、猫はいませんから」

と、早苗が、いった。

「次に移ろう」

と、十津川が、いい、続けて、

「次は、早川啓介が、よく利用していたという、会社近くの喫茶店の、若いウェイトレスに、まんまと騙されて、十万円を、取られてしまったエピソードだ。彼の友人の話によると、まんまと十万円を取られても、早川啓介は、生まれつきの性分だから、仕方がない。それに、十万円渡したことで、すっきりしたとまで、いっていたという」

「これは、早川啓介が、死んだことと、関係がありそうですね。はっきりとはわかりませんが、そんな気がするんです」

遠慮がちに、三田村が、いった。

早苗が、いった。

「私も同感です」

「早川啓介の人のよさが、今回の事件を生んだような気がするんです」

十津川は、しばらく、考えこんでいたが、突然、

「そうか、あの女だ！」

と、大声を出した。続けて、

「東尋坊で、胸に、赤いバラの花を挿していた、黒いコートの、若い女だよ。あの女が、向こうで、早川啓介に会っていたんじゃないだろうか？」

「二人が、どんなふうに、結びつくんですか？」

早苗が、きいた。

「胸に赤いバラの花を挿した若い女に、早川啓介が、騙されて、喫茶店のウェイトレスの時と同じように、十万円を、騙し取られたということですか？」

三田村の言葉に、十津川は、笑って、

「いや、十万円は関係ない。早川啓介は人がいいから、喫茶店のウェイトレスに、騙されたように、越前では、胸に赤いバラの花を挿した、若い女に騙されたと私は、思っている。ただ、十万円を奪われたわけじゃない。もっと、大きなもの、大事なものを、奪われたんだ」

「もっと大きなもの、もっと、大事なものって何ですか？」

亀井が、きく。

「心だよ。早川啓介は、女に、心を、盗まれたんだよ」

「警部のおっしゃりたいことが、よくわかりませんが」

「あくまでも、私の勝手な想像だから、そのつもりで、きいてくれ。新しい人型ロボットが、やっとできあがることになって、早川啓介は、休暇を取って、越前にいった。そこで、早川は、ひとりで、ぽつんと海を見つめている寂しげな女性と知り合った。いかにも、自殺を考えていそうな、そんな感じの、暗い女性だ。

そんな女性を見て、人のいい早川啓介は、黙っていることが、できなくて、思わず声をかけたんだと思うね。すると、女性が、こういった。『私の両親は、私の悩みを、少しもわかってくれない。いくら心の悩みを打ち明けても、父も母も、ただ、笑っているだけで、真剣に取り合ってくれない。それで、自殺するふりをして、遺書を書いて両親を脅かそうと思ったが、自分には、文才がないので、両親を心配させるような遺書を書くことが、できない』そういって、女性は、泣いた。早川啓介は、そんな、女性にすっかり、同情してしまって『それなら、自分が、あなたの、両親が心配して、真剣に、取り合ってくれる遺書を、書いてあげよう』と、約束してしまったんじゃないか」

「女のほうが、泣きながら遺書の文面を考えてくれと、早川に、頼んだのかもしれませんね」

と、亀井が、いった。

「ああ、そうだ。人のいい早川啓介は、旅館に戻って、女性のために、両親を、びっくりさせるような遺書の文面を、考えた。それを、ホテルに備えつけの便箋に、書いてみる。しかし、なかなか、うまく書けない。うまい遺書が、書けないと、あの女性は、本当に、自殺してしまうかもしれない。そう思って、早川啓介は、一生懸命に、考えてみるのだが、うまい遺書が、書けない。早川啓介は、うまく書けないことに、腹を立てて『駄目だ、駄目だ』と、殴り書きしてしまったのではないだろうか？　翌日、早川啓介は、東尋坊にいって、女性に会うと、素直に謝った。どうしても、あなたが、期待するような遺書が書けなかった。申しわけないとね。すると今度は、女性が、こんなことを、いう。『実は、両親が、私を探して、この東尋坊に、きているんです。あなたが両親に会って、私がどんなに苦しんでいるかを話してくれませんか？』と、女性が、頼む。うまい遺書が、書けなかったという負い目があるので、早川啓介は、女性の両親に、会うことを承諾する。ところが、連れていかれたところに、犯人が待ち構えていて、早川啓介を殺し、越前の海に、沈めてしまった。これが、私の考えた、殺人事件の構図なんだがね」

と、十津川が、いった。

三田村と北条早苗は、黙っている。

「どうかね、感心できないかね、この想像には」

十津川が、きくと、

「いえ、ぴったりです」

と、三田村が、いった。

「私も、納得しました。ただ、犯人が誰で、何のために、そんな女まで使って、早川啓介に、嘘の遺書を書かせ、殺して越前の海に、沈めてしまったのか。それがわかりません」

早苗が、いった。

「いや、ひとりだけ、疑わしき人物がいるさ」

と、十津川が、いった。

「誰ですか?」

亀井が、十津川の顔を、見た。

「昭和精密機械で、早川啓介は、人型ロボットの研究開発部門の、リーダーだった。しかし、前任者がいた。荒木修という、早川よりも、十歳年上の、同じく技術者で、この荒木修が、早川の前に、人型ロボットの研究開発部門のリーダーを、務めていたんだ。会社の広報の話によれば、才能的には、荒木のほうが、早川よりも、勝っていたらしい。しかし、この男は、気性が激しく、ほかの技術者と、対立することが多くて、誰もが、早川啓介の下では働きたいが、荒木修の下では働きたくないと、いって、とうとう、研究開発部門のリーダーに、若い、早川啓介が就《つ》いたんだ。追い出された形の荒木修は、昭和精密機械をやめて、現在は、ライバル会社の、人型ロボットの、研究開発部門で、働いているそうだ。この荒木修こそが、容疑者第一号だよ」

第五章　身勝手なライバル

1

十津川は、亀井と、荒木修に会うことにした。

荒木が現在働いているのは、メソッド・ジャパンという最近できた会社である。

社長の相原《あいはら》は、もともとは、株屋だといわれているが、相原はお飾りで、アメリカのファンドが資金を出しているという話もある。

M・Jと呼ばれるその会社の平塚《ひらつか》工場を、十津川たちは訪れた。荒木が、そこで働いているときいたからである。

この工場は、もと大手自動車会社の、工場だったのだが、経営がうまくいかず、平塚工場を売却した。それを、M・Jが機械ごと安く購入。現在、人型ロボットの研究・開発・製造の拠点としていると、十津川は、きいていた。

工場に研究所が併設されている。その研究所で、十津川は、荒木に会った。

この工場で作られた人型ロボットが、ずらりと並んでいる。

「いかがですか？」

と、荒木が、笑顔を向けてきた。

「何がです？」

「このロボットですよ。わが社では、すでに、研究段階をすぎて、実用段階に入っているんですよ。もし、このロボットを、ほしいという個人やグループがいれば、喜んで販売します。もちろん、わが社が責任を持って。特に、このマックスと名づけたロボットは、評判がよくて、五十六体が売れています」

「そのマックスですが、それとよく似たロボットを見たことがありますよ」

十津川がいうと、荒木は、笑って、

「昭和精密機械でしょう？」

「そうでしたかね」

「向こうは、こっちが真似たとか、盗んだとかいっていますが、完全ないいがかりですよ。向こうは、これから発表会を開くというんでしょう。こっちは、すでに、完成品として、五十六体も販売しているんですから。どちらの主張が正しいか、わかるでしょう」

荒木は、大声でいう。

十津川は、苦笑したが、

「今日、伺ったのは、早川啓介さんのことをおききしたいので、ロボットのことでは、ありません」

「まだ、あの事件を追ってるんですか。そんなことでは、警察は時代遅れになりますよ。まあいい。コーヒーでも飲みながら、話しましょう」

と、荒木は、十津川と亀井に椅子をすすめ、コーヒーを頼んでくれた。

十津川は、そのコーヒーを一口飲んでから、

「荒木さんのおかげで、捜査が一歩、前進しました」

「私の？　何かしましたか？」

「亡くなった早川啓介さんの性格を、明確に分析してくださった」

「ああ、そうでしたかね。それなら、彼の自殺が、はっきりしたわけですね」

「いや。逆に、殺人の可能性が、大きくなりました」

「よくわかりませんが」

「早川啓介さんの気の弱さというか、人のよさというか、そんな性格を利用して、犯人が自殺に見せかけた、殺しの可能性が、大きくなったんですよ。ですから、荒木さんのおかげなのです」

「そうですか。しかし、わかりませんねえ」

と、荒木は、首をかしげている。

「何がですか?」

と、亀井が、きいた。

「早川という男は、ひとりの人間としては、頭もいいし、優しいし、悪くありませんよ。しかし、一つの大きな目的を持つ集団のリーダーとしては、まったく不向きで、マイナスにしか働きません」

「しかし、彼がリーダーだった昭和精密機械で、新しい人型ロボットのプロトタイプは完成し、十月には発表できるときいていますよ。彼自身は、亡くなってしまいましたが」

「一カ月予定より遅れています」

「一カ月?」

「そうです。昭和精密機械自体が、認めています」

「それは、早川啓介さんの責任だと？」

「ほかに考えられませんよ」

荒木は、きっぱりというか、冷静にというか、笑いを浮かべて、いった。

「私たちは、今回の事件の捜査で、昭和精密機械にもいってきました。人型ロボット関係の社員たちに会って、話をきいています。しかし、ロボットはスケジュールどおりに完成。予定が一カ月遅れたという話は、誰からもきこえてきません。早川啓介さんの責任問題など、まったくきこえませんでしたよ」

十津川が、いうと、荒木は、

「それは、みんなでなぐさめ合っているんですよ。もっと、あからさまにいえば、傷をなめ合っているんですよ。今の競争社会じゃ、最悪のパターンですね」

「最悪ですか？」

「昭和精密機械は、私も働いていた会社だから、悪くいいたくはないんですが、こんな甘いことやっていると、潰れるんじゃありませんかね」

とまで、荒木は、いう。

「その昭和精密機械に比べて、今のM・Jは、働き甲斐がありますか？」

と、十津川が、きいた。

「もちろん。毎日、生き甲斐の連続ですよ」

荒木が、答えたとたん、彼の携帯電話が鳴った。

「M・Jの荒木です。ああ、わかりました。それは、大した故障じゃありません。すぐ、二人専門家を向かわせますから、何もしないでください」

荒木は、電話を切ると、

「おい！　中島《なかじま》と鈴木《すずき》、中野《なかの》のパノラマ館で故障だ。すぐいってくれ」

と、若い社員二人に声をかける。

「あそこのマックスは、旧型でしょう？」

「そうだ。だから、うまく話して、新型に買い替えるように、説得しろ」

「五パーセント引きでオーケイですか？」

「ああ、オーケイだ。新しいパンフレットを持っていけ！」

やたらに、大声を出してから、十津川に向かっては、

「ほかに、何か質問がありますか？」

「早川啓介さんと前後して亡くなった北川愛さんを、荒木さんは、しっていたんですか？」

と、十津川が、きいた。

「親しくはなかったけど、しってはいましたよ。私が、昭和精密機械にいた頃から、彼女のデザイン工房ジャパンに、仕事を頼んでいましたから」

「感想は？」

「美人だなと思っていましたが」

「それだけですか？」

「一緒に仕事をやったわけじゃありませんからね」

「彼女は、昭和精密機械の今度の人型ロボットのデザインで成功して、急に、仕事が増えていったんですが、こちらのM・Jでも、彼女に仕事を依頼したことは、なかったんですか？」

「なぜ、うちが、北川愛に仕事を頼むんですか？」

「抜け目なく、人気のデザイナーに仕事を頼むんじゃないかと、思いましてね」

「うちには、前から専属のデザイナーがいますからね。その人に頼んでいます」

「女性ですか？」

「なぜ女性だと思うんですか？」

「最近は、工業デザインの世界にも、若い女性が進出していると、きいたものですから」

「なるほど」

「それで、答えは？　若い女性デザイナーと、契約しているんですか？」

「まあ、それは、企業秘密ですから」

と、荒木は、いった。

「わかりました。それでは、新型マックスのパンフレットをもらえませんか」

「どうぞ。ぜひ、警察で、何体か購入していただきたいですね。なまじの警官なんかより、ずっと役に立ちますよ」

荒木は、豪華パンフレットを、十津川と亀井に、一部ずつ、渡してくれた。

2

パトカーに戻ると、亀井は、パンフレットを広げて、

「この新型マックスは、昭和精密機械が、発表した人型ロボットによく似ていますね」

「それは、荒木もいってたじゃないか。似ているといわれるが、真似たのは、昭

和精密機械のほうだと。その証拠に、向こうは、やっと発表の目処が立ったところだが、M・Jのほうは、すでに五十体以上も、販売されているとね」

「そうでしたね」

「パンフレットの新型マックスの下に、小さく、デザイナー、A・KITAMURAと書いてある」

「ああ、そうですね。このA・KITAMURAが、新型マックスをデザインしたんでしょうか？」

「たぶん、そうだろう」

「女性でしょうか？」

「荒木の話をきいていると、女性の感じだったね」

「これから、どうしますか？」

「荒木に電話がかかってきて、確か、中野のパノラマ館で、旧型のマックスが、故障したとかいっていたな？」

「そうです。何とか、新型のマックスに買い替えるようにすすめるともいっていました」

「じゃあ、中野へいってみよう」

と、十津川が、いった。

パトカーで、中野に向かう。パノラマ館というのが、どんなものかわからなかったが、中野に着いて、きいて回ると、個人で、戦前、戦後のおもちゃを集め、それを年代別に展示している記念館のことだった。

〈美木《みき》パノラマ館〉というのが、正式な名称だった。美木浩《みきひろし》が、館主である。

二人が着いた時は、閉館時間になっていたが、十津川は、無理に開けてもらった。

さして広くはないが、子供も大人も喜びそうな、さまざまな年代のおもちゃが並んでいた。

「最初は、私が説明していたんですが、老人の私が、へたな説明をするより、ロボットに説明させたほうが、子供も喜ぶだろうと思いましてね」

と、六十七歳だという美木浩は、十津川に、いった。

「それで、M・Jから、ロボットのマックスを購入したんですね」

「そうです」

「そのロボットが見えませんが」

「故障したんで、電話したんですが、M・Jの人間二人がやってきて、強引に、持ち帰ってしまったんです」

「故障箇所を直すんじゃなかったんですか？」

「そのつもりだったんですが、なかなか修理がうまくいかなくて、そのうちに、この旧型は、もうパーツもなくなってきて修理が難しいとか、新型マックスは旧型に比べて、三倍の動きや、説明ができる。どこでも、喜ばれていると、喋り始めて、壊れたマックスは預かるといって、持ち帰ったんです。その代わりに、明日、新型マックスを持ってくるので、使ってみてくれというんです。そうなれば、新型マックスを買わざるを得なくなるんですよ」

「断ればいいんじゃありませんか」

十津川がいうと、美木は気弱そうに、小さく首をすくめて、

「うちの案内パンフレットを読んでくださいよ。M・Jが、マックスを売りにきた時、あまりにも性能のよさを宣伝するんで、つい、そのままうちの案内パンフレットに、書いてしまった。ロボットが、皆さまを案内します。どんな質問にも答えます。クイズの相手もします。コーヒーを注文すれば、マックスが持ってきます。半分は、嘘ですが、今は来場者の半分は、マックスを楽しみにくるんですよ。それが、故障しちまったとなれば、新型マックスを買わざるを得ないでしょ

う」

「なかなか、うまい商売ですね」

「そこが、昭和精密機械と、M・Jの違いですよ」

と、美木は、いう。

「どう違うんです？」

「前に購入した旧型マックスが、やたらに故障するんで、昭和精密機械に電話して、そちらのロボットを購入したいといったんです。そうしたら、電話に出た人が、確か、早川とか、早野とかいったと思うんですが……」

「早川啓介？」

「そうでした。その早川さんが、こういうんですよ。今年の九月に新型ロボットが完成する。しかし、すぐには、販売はできない。それから、一カ月間さまざまなテストを重ねて、完全なものにしてから、販売したい。それまで、申しわけないが、待っていただきたいといわれたんです。それで、仕方なく、M・Jに続いて頼むことになったんですがね」

美木は、そんなことを、口にした。

「M・Jで、人型ロボットの研究開発に当たっていた荒木さんを、しっているみたいですね。今日も、マックスの故障のことを、彼に電話したんでしょう?」

「そうです。最初の旧型のマックスは、荒木さんから購入したんですから。あの会社は、マックスの営業で、販売した社員に、奨励金が入ることになっているんです。だから、あの会社では、人型ロボットの技術者というより、時には、セールスマンといったほうが適切なこともありますよ。商品がロボットなので、技術者のほうが、説明ができるということもありますがね」

「荒木さんという人間を、どう思いますか?」

と、十津川がきいた。

「そうですねえ。最初は、あの強引なやり方が好きになれませんでした。私みたいな人間は、商売にも、情がほしいんですよ。ところが、荒木さんは、それを一番、いやがる人なんですよ。仕事には、そんなものは、邪魔なだけだと考えているんじゃないですかね。ただ、そんな荒木さんの生き方、考え方を、爽快だと思う人もいるんじゃありませんかね」

「なるほど」

「荒木さんの下で働いている人たちは、その生き方を、尊敬していて、真似しようとしているんじゃありませんかね。今日、うちにきて旧型マックスを、持っていってしまった二人は、よく荒木さんに似てましたよ」

「荒木さんは、結婚しているんですか？」

「それは、わかりません。自分のことを、あまり喋らない人だから」

「どうしてですかね？　他人のことは、よく喋るじゃないですか。糞味噌にいうことだってあるのに、なぜ、自分のことは、秘密にするんですかね？」

と、十津川は、いった。

荒木という男に、興味を持っていた。荒木が、早川啓介を殺したとは、思わないが、早川啓介の死に関係しているとは、思っていた。それに、北川愛の死にもである。

自分ひとりの判断では危険なので、いろいろな人の荒木観もしりたいのである。

「荒木さんのことを、別にしりたくもありませんが、若い時というか、子供の時に、何かあったんじゃありませんか。よく、いうでしょう？　子供の時に傷つくと、それが、大人になってからも、忘れることができなくて悩むものだって」

「荒木さんが、そうだというわけですか？」

「そう決めつけられると困りますよ。いい出したのは、刑事さんのほうなんだから」

「じゃあ、別の話にしましょう。明日、M・Jから、新型のマックスが、本当に運びこまれますか？」

「必ず、荒木さんが、持ってきますよ」

「M・Jのマックスは、安いんですか？」

「現在、人型ロボットを、販売しているのは、M・Jと、東京マシンの二社だけですが、M・Jは、東京マシンの約半額です」

「どうして、M・Jは、そんなに安く、売れるんですか？」

「これは、私が、ある筋からきいた話ですがね。昭和精密機械なんかは、新しく開発した人型ロボットには、当然新しいコンピューターを、組みこんでいますよ。だから高価になりますが、M・Jでは、同じ性能なら、最新のコンピューターじゃなくてもいいんじゃないかと考えて、一年前の、安いコンピューターを、ロボットに組みこむときききました。もちろん、客には、最新のコンピューターを組みこんであると説明する。外観からでは、わかりませんからね。コンピューターだけでなく、ほかのパーツも、同じ性能なら、去年の売れ残りを使う。そうやって、安くするんだと、ききました。本当かどうかは、私にはわかりません」

と、美木は、いった。

十津川は、明日もう一度、この〈美木パノラマ館〉にきてみることにした。

翌日の午後三時頃に、いってみると、新型マックスが、ど−んと入り口のところに、待ち構えていた。〈美木パノラマ館〉は、午後五時で閉館する。それまで待ってから、美木館長に、会うことにした。

「やっぱり、届きましたね」

と、声をかけると、美木は笑った。

「請求書持参で、さっさと、組み立てて、帰ってしまいました」

「荒木さん本人が、組み立てていったんですか？」

「そうですよ」

「持ち帰った旧型のマックスのことは、どういっていましたか？」

「やはり、パーツが見つからず、このままでは、動かないと、いわれました。申しわけないので、新型マックスを、五パーセント割り引きすると、いってくれましたよ」

「荒木さんは、何が楽しみなんでしょうか？」

と、亀井が、きいた。

美木は、また、慎重に、少し考えてから、

「荒木さんは、年がら年中、誰かと競争しているというか、戦っているというか。会社のなかでは同僚と競争し、外ではライバル会社と競争。勝つことで、自分の何というんですかね。自分の地位というか、偉さというか――」

「アイデンティティですか？」

「そうですよ、それを確認して、安心する。そんな人ですよ」

「当人は、疲れるんじゃありませんか？」

「かもしれませんね。だから、時々、必要以上に、相手を叩き潰して、傷つくのを見て、自分の力を確認する。そんな時にぶつかった相手は、災難ですよ」

と、美木は、いう。

十津川は、早川啓介と、北川愛の名前を思い浮かべた。二人は、気づかずに、そんな棘のある荒木修にぶつかってしまったのではないだろうか？

3

十津川は、中野の〈美木パノラマ館〉に、協力してもらって、荒木修のことを、もう少ししりたいと思った。

「この新型マックスが故障したといって、M・Jの人間を呼んで、もらえませんか」

と、十津川が頼むと、美木は笑った。

「新型が届いたばかりですからね。いきなり故障したといっても、向こうは、信じませんよ。悪戯と思われてしまいますよ」

「何とかなりませんか？」

「捜査に必要なんですか？」

「たぶん、必要になると思います」

「しかし、荒木さんがくるかどうかわかりませんよ。何しろあの人は、M・Jでは、リーダー的存在だから」

「いや、荒木さんじゃないほうが、いいんです。しかし、故障じゃなくても、呼べますか？」

「実は、私は、おっちょこちょいなところがありましてね。ロボットをいじっているうちに、スイッチを切ってしまって、動かなくなったと、大騒ぎしたことがあるんで、これなら、疑われません」

美木は、ロボットの背中のカバーを外して、覗きこんでいたが、急に、ロボットが動かなくなった。

すぐ、M・Jに、電話してくれた。

しかし、M・Jのほうも、簡単にはいきますとはいわず、電話のやりとりのあと、ひとりだけ、技術者がくることになった。

やっときたのは、三十歳前後の浅井《あさい》という技術者だった。さすがに、簡単にスイッチが切れている箇所を突き止めて、

「美木さん。やたらに、スイッチには触らないでくださいよ」

と、注意する。

そのあとで、十津川と亀井が、警察手帳を示して声をかけた。

「私たちは、昭和精密機械の早川啓介さんが死亡した事件を調べています。それで、ライバル関係にあったM・Jの方にも意見をきいています」

と、まず、安心させてから、

「昭和精密機械では、ロボットのデザインを外部に依頼していましたが、M・Jでは、どうしていたんですか？　新型マックスの側面に、デザイナーはA・KI TAMURAとありますが、この人が、新型マックスのデザイナーですか？」

「そうです」

「どういう人ですか？　会ったことは、ありますか？」

「それが、会ったことがないんですよ」

「では、M・Jの人間ではないんですか？」

「そうだと思いますね。見たことがない人間が、何人もいますから」

「じゃあ、どうやって、デザインを依頼するんですか？」

「それは、リーダーの荒木さんが、メールで、注文しているんじゃありませんか？」

「荒木さんは、接触しているわけですね？」

「そう思いますよ」

「女性ですか？　それとも、男性ですか？」

「たぶん、女性だと思いますね。荒木さんの態度から見ると、そう思えるんです」

「新型マックスが完成した時にも、デザイナーは現れなかったんですか？」

「そうでしたね。人気のデザイナーなので、こられなかった。おめでとうの電話だけあったと、荒木さんは、その時、いっていました」

「写真も見たことはないんですか？」

「そういえば、写真も見たことは、ありませんね」

と、浅井は、いう。

「まるで、幽霊みたいな存在ですね」

亀井が、首をかしげている。十津川は、

「かもしれないね」

「幽霊ですか？」

「Ａ・ＫＩＴＡＭＵＲＡというデザイナーは、実在しないのかもしれない」

「じゃあ、誰が新型マックスをデザインしたんですか？」

「Ｍ・Ｊの新型マックスと、昭和精密機械が作った新型の人型ロボットは、よく似ているといわれている」

「そうです。荒木はＭ・Ｊのほうが先に完成したのだから、真似たのは、昭和精密機械のほうだと主張しています」

「なぜ、似てしまったんだろう？」

「それは、わかりませんが……」

と、亀井は、呟いてから、

「ひょっとすると……」

「そうだよ。デザイナーが同一人物かもしれないんだ」

「A・KITAMURAと、北川愛が同一人物ということですか？」

「正しくいえば、A・KITAMURAは、存在しないんだ」

と、十津川は、いった。

「しかし、一流のデザイナーが、偽名を使って似たデザインを、二つの会社に、売ったりするでしょうか？」

「普通なら考えられないが、それが実際にあったから、殺人が起きたんじゃないかね」

「北川愛が殺された理由ですか？」

「彼女が所属していた上野のデザイン工房ジャパンへいってみよう」

と、十津川が、いった。

「デザイン工房ジャパンのマイナスイメージになるようなことを、正直に話してくれるでしょうか？」

「それは、当たってみなければ、わからないよ」

とにかく、当たってみることにして、二人は、パトカーで、上野に向かった。

北川愛が死んだ時に、ほかの刑事たちが話をききにきているので、四度目である。

今回、十津川たちが会おうとしたのは、前回と同じ、デザイン工房ジャパンの、三村という社長だったが、なぜか、三村の姿はなく、代わりに、山崎《やまざき》という若い男が、応対した。

「三村さんは、どうされたんですか？」

十津川が、きくと、山崎は、短く、

「後進に道をゆずりたいといって、引退されました」

と、いう。

十津川は、首をかしげた。

前に西本と日下が会った時は、意欲満々で「うちは、まだ小さいですが、ここから、日本の新しいデザインを生み出してゆくつもりですよ」と、いっていたからである。しかし、工房の内部のことに、十津川が、立ち入る気はない。

「亡くなった北川愛さんのことですが、今も自殺ということで、家族の方も、納得されているんですか？」

と、十津川は、山崎にきいた。

「そうです。家族の方も、納得されています」

「しかし、北川さんは、人気のデザイナーで、大きな仕事をたくさん引き受けていたわけでしょう。それなのに、なぜ、自殺なんかしたんでしょうか？」

十津川がきくと、山崎は笑って、

「他人は、勝手に、いろいろいいますがね。当人が何に悩んでいたか、他人にはわかりませんよ。だから、彼女の死について、勝手にあれこれいうのは、やめようと、思っているんです」

「彼女が死ぬ直前に、引き受けていた大きな仕事は、どうなったんですか？」

「うちには、北川愛以外にも、優秀なデザイナーがいますから、お客様が納得されたものについては、引き継いで、完成したものを提供しました。お客様が、どうしても納得されないケースについては、謝罪し、損害が生じていれば、補償させていただいています」

「A・KITAMURAという女性デザイナーを、ご存じですか?」

「いや、しりませんが」

「この工房に所属しているデザイナーだという話をきいたんですが」

「いや。うちには、A・KITAMURAというデザイナーは、おりませんよ」

「M・Jという会社を、ご存じですか? 外資系で、人型ロボットの研究・開発・製作、そして、販売をしている会社ですが」

「名称はしっています」

「この会社と仕事をしたことは?」

「まだありません」

「この会社が製作した新型マックスというロボットですが、その胴体部分に、デザイナーとして、A・KITAMURAのサインがあるのです」

「そうですか。しかし、うちには、関係ありませんね」

「本当に、関係ありませんか?」

「私が嘘をついていると思うのなら、うちのデザイナーの誰にでもきいてみてください」

山崎は、笑顔でいう。

「わかりました。あなたの言葉を信じますよ」

と、十津川は、いった。

山崎が、これほど自信満々にいうのは、この工房の全員に、箝口令が敷かれているからに違いないのだ。だから、十津川と亀井はおとなしく、車に戻った。

「前の社長は、たぶん都合が悪くなって、引退したんだ」

と、十津川は、いった。

「例のロボットのデザインですね」

「そうだよ。自分の工房のデザイナーが、昭和精密機械から、正式に仕事を任されているのに、偽名を使って、M・Jにも、同じようなデザインを売っていることがわかった。その上、正式に依頼した昭和精密機械より、M・Jのほうが先にロボットを完成させてしまったので、昭和精密機械のほうが、デザインを真似たように見られてしまう。そのことも、三村社長が責任をとる気持ちになったんだろうね」

「しかし、この件は、あの工房にとって、永久に秘密になっていくんでしょうね」

と、亀井がいった。

「そうだろうが、このことが早川啓介と北川愛の死に関係があれば、われわれとしては、無理にでも明るみに出さざるをえないよ」

と、十津川はいった。

「その可能性は、高そうですね」

「その点は、同感だ」

だが、どうしたら、正確な話がきけるのか？

デザイン工房ジャパンのデザイナーたちからは、否定の言葉しかきけないだろう。

M・Jも同じと見ていい。

ふいに、十津川の携帯電話が鳴った。

「もし、もし。十津川さんですか？　早川です」

と、男の声がいう。

「早川さん？」

一瞬、死んだ早川啓介の名前を考えてしまった。

「早川です。早川啓介の父の雄介です」

と、相手がいった。

そうなのだ。死んだ男から、電話が入るはずがないのだ。

「どうしました？」

と、十津川が、きいた。

「今経堂《きようどう》にいます。経堂駅の近くです」

「そこで何をしているんですか？」

「見つけたんですよ。あの女を見つけたんです！」

急に早川は、大声をあげた。

「あの女？　誰です？」

「決まってるじゃありませんか。東尋坊で、啓介に声をかけた赤いバラの女ですよ」

「ああ。わかりました」

「見つけたんです。経堂のマンションに住んでいるんです」

「どうして赤いバラの女が住んでいると？」

「先日、警部さんたちと同行した時に描いてもらった似顔絵にそっくりの女が、娘の障がい者の会に現れたんです。その女の行動を追っているうちにここへたどりついたんです。間違いないですよ！」

今度は、怒鳴っている。

「経堂ですね？」

「そうです」

「経堂駅の近く？」

「そうです」

「そこから女のマンションが見えるんですか？」

「そうです。見えています」

「今からそちらへいきます。一時間かからないと思いますから、そこから動かないでください。勝手に女のマンションに乗りこんだりしないでください」

「どうして駄目なんですか？」

「あなたが、犯罪捜査のアマチュアだからです」

十津川は、こちらの覆面パトカーの車種と色を教えてから、亀井に合図して車をスタートさせた。

正確に三十分で、経堂駅に着いた。

早川は、駅近くの電柱にもたれていた。こちらの車を見つけて寄ってきたが、その顔は明らかに不満気に見えた。三十分間、いらいらしながら、十津川たちを待っていたのだろう。

十津川は、すぐ早川をパトカーに引きずりこんだ。

たぶん、何人もの人間に、早川は顔を見られているだろう。もし、そのなかに今回の事件の犯人がいたら、よく殺されなかったと喜ぶべきなのか、それともこんな男ならほうっておいても、大丈夫と軽く見られたのか。

「向こうに見えるマンションですか？」

十津川は、早川にきいた。

「そうです。十二階建ての最上階の角部屋です」

「女の名前は？」

「北島《きたじま》ゆきと名乗っていますが、本名かどうかわかりません」

「今、その女性が、向こうのマンションにいることは、間違いないんですね？」

「あのマンションに入ったことは、確認しています」

「では、彼女に会いにいきましょう」

と、十津川はいい、亀井には、

「君は運転席から、私と早川さんの行動を見張っている人間がいないかどうか、しっかり見ていてくれ」

と、いった。

十津川と、早川は、車から降りて、目の前のマンションに向かって歩いていった。

かなりの豪華マンションである。名前はニュー経堂ヴィレッジとある。

入口を入ると、インフォメーションセンターがあって、たぶん契約している管理会社の人間らしいユニフォーム姿の男がいた。

十津川が、警察手帳を見せると、一瞬、えっという表情になったが、すぐ落ち着いた様子になって、

「どんなご用でしょうか？」

「十二階の角部屋の１２１５号室の住人は、たしか北島ゆきという女性でしたね？」

早川が、横からきいた。

胸に〈谷田《やた》〉という名札をつけた相手は、住民板に目をやった。

「確かに、北島ゆきという名前ですね」

「今、部屋にいると思いますが、連絡をとって、これから私たちが会いにいくと伝えてください」

と、十津川がいった。

谷田はすぐ、マンション内の電話を使って、1215号室に連絡をとった。簡単な連絡のあと、十津川に向かって、

「北島ゆきさんは、部屋で、お会いするそうです」

十津川は、早川とエレベーターで十二階にあがっていった。

廊下を、端まで歩いていく。端の部屋が、1215号室である。

十津川がインターホンを押すとドアが開いて、二十五、六歳の女が顔を出した。

十津川は、改めて警察手帳を示し、なかに入ると、早川がすぐ質問した。

「四月七日に、東尋坊にいきましたね？」

「東尋坊はしっていますが、いったことはありませんけど」

と、女はいう。

早川は、亡くなった息子の写真を取り出すと、女の前に置いて、

「これは、私の息子で、名前は、早川啓介です」

「息子さんですか。そういえば、似ていらっしゃるわ」

女は落ち着いた声でいう。

「正直に答えてください。あなたは、私の息子に、東尋坊で会っていますよね」

早川は、女に顔を押しつけるようにして脅かしている。いや、頼みこんでいる。

それでも、女は、微笑して、

「誰かと間違えていらっしゃるわ」

「四月七日ですよ」

「ええ。私は、東尋坊へはいったことが、ありませんの」

「じゃあ、この日、あなたはどこにいたんですか?」

と、早川が食いさがった。

「私は、四月頃は、世田谷《せたがや》区がやっていた市民講座で、毎日教えていました。だから、どこで何をしていたかわかると思います」

女は、机の上にあるパソコンを操作していたが、プリントしたものを二枚、十津川と早川に渡した。
○市民講座（世田谷区民会館A室）
四月七日午後一時から三時

「市民の政治参加について」　講師　北島ゆき
四月八日午後一時から三時
「市民の義務と責任」　講師　北島ゆき
四月九日午後一時から三時
「市民の自由について」　講師　北島ゆき

「四月は、月末まで市民講座に、毎日出ていました」

と、女はいう。

「世田谷区民会館に、電話してくだされば証明してくれる人がいるはずですわ」

「失礼ですが、あなたの仕事を教えてくれませんか」

十津川は少しばかり、拍子抜けしてしまっていた。

「大学院で勉強しているので、世田谷区から市民講座を担当してもらえないかといわれて、今年一年引き受けることにしたんです」

と、女はいう。

「名前は、間違いなく北島ゆきさんで、いいんですね？」

「ええ。もちろん」

「それを証明するようなものを持っていたら見せてくれませんか」

「何かあったかしら？　パスポートでも構いませんか？」

「ええ。結構です」

十津川がうなずくと、女は引き出しを探して、パスポートを取り出し、テーブルの上に置いた。

間違いなく、北島ゆきのパスポートだった。

「ほかにも、何かありますか？」

と、女がきく。

「いや。もう結構です」

十津川は礼をいい、早川を促《うなが》して、立ちあがった。

廊下に出る。

早川が、小さく叫んだ。

「違いますよ！　あんな女じゃない！」

「しかし、彼女の名前は、あなたのいう北島ゆきで、パスポートも見たでしょう。それにアリバイもあった。どこが違うんですか？」

「とにかく、違うんですよ。あの女じゃないんだ」

「しかし、彼女は十二階の角部屋の住人ですよ。名前もあなたのいった北島ゆきですよ。ほかにも、北島ゆきという女がいるんですか？」

「いるとしか思えません」

と、早川はいった。

4

十津川は、早川雄介を説得して帰らせたあと、今度は、捜査本部に電話をかけて、大至急、目立たないワンボックスカーを、持ってこさせた。

「とにかく、この車のなかで、辛抱強く待とうじゃないか」

十津川は、マンションでのやりとりを伝え、亀井に、いった。

「待つって、北島ゆきをですか？」

「そうだよ」

「しかし、あの女は、違うんじゃありませんかね？　早川の父親も、違うって、いっていたじゃありませんか？」

「しかし、違う女だといいながら、激してつめよっていたんだ」

「よくわかりませんが」

「私にもわからないが、それをしりたいから、見張るんだ」

十津川が、いった。

夜になると、一台の、マイクロバスがやってきて、マンションの前に、停まった。大きなバッグを担いだ、北島ゆきが出てきて、バスに乗りこんだ。

「尾行しよう」

と、十津川が、いった。

マイクロバスが向かったのは、北千住《きたせんじゅ》にある、小さな劇場だった。

この劇場では、今日は、都内の小さな劇団が、三交代で、芝居をする。

今、やってきた劇団が、最終回の午後八時から、午後十時まで演じるのだという。

十津川と亀井は、金を払って、劇場のなかに入った。なかで、プログラムを売っていたので、二人は、それを、買った。

二十代と思われる、若い女性だけの劇団「十人の女の会」が、紹介されていた。

劇団員は全部で十人。プログラムには、全員の顔写真が載っていて、その横に、芸名も記されていた。

「これが彼女だ」

と、十津川が、いった。

確かに、北島ゆきの顔写真も載っている。

芸名は、安藤由美《あんどうゆみ》になっていた。

いきなり、十人の、女たちが、舞台に出てきた。

「一番右端にいるのが北島ゆきだよ」

十津川が、小声で、隣に座っている亀井に、教えた。

「別人に見えますね」

「おそらく、早川啓介が、東尋坊で、彼女を見た時にも、ああいう女に、見えたんだろう」

と、十津川が、いった。

「女の変身には、びっくりしましたが、アリバイのほうは、どうしようもないんじゃありませんか？」

亀井がいう。

「その件で、明日、世田谷区民会館にいってみようじゃないか」

と、十津川が、いった。

翌日の午前中、十津川と亀井は、世田谷区民会館のなかの、市民講座の担当者に会って、四月七日のことで、きいた。

まず、十津川が、

「この日、四月七日ですが、午後一時から三時まで、北島ゆきさんが、こちらに、話にこられたんですね？　間違いありませんね？」

と、念を押した。

「ええ、こられましたよ」

「間違いなく、北島さんでしたか？」

「ええ、もちろん、北島さんに間違いないだろうと、思いますが」

「ちょっと、変ないい方ですね。間違いないだろうと、思うというのは、どういうことですか？」

「あの日は、北島さんのほうから、前日に、電話がありましてね。手話通訳について、実際に、どうやって、通訳するのか、それを実際に示して、皆さんの理解をえたい。そういう話がありまして、当日、北島さんが手話通訳の人を連れて、やってきたのです。北島さんは、ろうあ者に扮《ふん》しておられました。口がきけないという設定で、大きなマスクをして、最初から最後まで、手話で、会話をして、いらっしゃいましたよ。北島さんは、あんなに、手話がじょうずなのかと、びっくりしました」

と、担当者が、いった。

「本当に、北島さんだったんですか？」

亀井が、きくと、担当者は、苦笑して、

「だって、北島さんご本人ですよ」

「しかし、その日は、彼女は、ろうあ者に扮していて、大きなマスクを、かけていて、ひと言も喋らなかったんでしょう？」

「そうです」

「それでは、北島さんではない、まったくの別人が、きたのかもしれないじゃありませんか？」

「別人？　いったい、誰が何のために、そんな馬鹿な真似をしなければいけないんですか？」

担当者は、笑った。

どうやら、この担当者は、頭から、この四月七日にやってきた女性を、いつもの、北島と思いこんでいて、まったく、疑っていないらしい。確かに疑う理由はないのだ。

「その日、北島さんではない、顔が似ている、別人の女性が、大きなマスクをかけて、ろうあ者に扮していたとしても、いつもの北島さんだと思いこんでいた。つまり、そういう可能性だってあるわけですよね？」

「しかし、手話で、集まっていた人たちに向かって、私は、北島ですと、いって、これも手話で、今日は一日ありがとうございましたと、挨拶して、大きな拍手を、受けたんですよ。ですから、間違いないんですよ。誰が彼女に扮して、そんな真似をするんですか？」

担当者は、憤慨していった。

5

十津川は、その時の写真を二枚、借り受け、その日の捜査会議で、事件の経過と現在、事件について、どう、解釈しているかを、三上本部長に説明した。

「今回の事件は、昭和精密機械が作っている人型ロボットが原因でした。最初に人型ロボットの研究・開発・製造をやっていた責任者は、荒木修という技術者でした。彼は優秀な技術者でしたが、いろいろと、問題があって、昭和精密機械を退職し、代わって早川啓介という技術者が責任者になりました。退職した荒木修は、そのあと、外資系のM・Jという、これも、人型ロボットを開発している会社に入って、マックスという人型ロボットを開発しました。問題は、昭和精密機械が、人型ロボットのデザインを頼んでいる、上野のデザイン工房ジャパンのデザイナー、北川愛を、荒木修が買収して、別の名前でM・Jの人型ロボット、マックスのデザインを頼んでいたことです」

「それは、間違いないのかね?」

「間違いありません。おかしなもので、デザインを真似たM・Jの人型ロボット、マックスのほうが、先に完成しているので、昭和精密機械が、逆にデザインを真似たことになってしまったのです。しかし、十月になって、昭和精密機械の人型ロボットが、完成すれば、その精密さ、機能の高さによって、間違いなく、M・Jのマックスに、勝つだろうと思われます。それに、デザイナーの北川愛が、事実を喋ってしまえば、間違いなく、M・Jの敗北です。それを恐れてか、あるいは、自分が追い出され、代わりに人型ロボットの、研究・開発の責任者になった早川啓介を恨んでか、たぶん両方の理由から、荒木修は、早川啓介を、殺すことを、考えたのです」

「それで、荒木修は、どうやって、早川啓介を、殺したのかね？」

「その殺人の方法というのは、二十五歳の、北島ゆきという女を利用することでした。彼女は現在、十人の仲間と、若い女性だけの『十人の女の会』という劇団を作り、時々、小さな劇場で芝居を演じています。彼女は、越前に疲れを癒しに、出かけていた早川啓介を摑まえ、自分は、親と喧嘩をして、死にたくなってここにきた。それなのに親は、自分のことをまったく心配してくれない。何とかして、親を驚かせて、心配させてやりたいのだが、親をびっくりさせるような、遺書が書けない。だから、代わりに書いてくれないかと、芝居で鍛えた台詞と演技で、早川啓介に、迫ったのだと思っています。人のいい早川啓介は、彼女のいうことを、すっかり信じこんでしまい、旅館に帰ってから、必死になって、親を驚かすような脅迫状というか、これから死ぬという遺書を考えました。しかし、なかなか、うまく書けなかった。早川啓介が悩んで書いた、北島ゆきのための遺書を、早川啓介自身の遺書にして、荒木修は、早川啓介を、溺死させてしまったのです」

「それで、旅館の部屋から、遺書が見つかったことで、早川啓介の死は、自殺と、断定されてしまったというわけだな?」

「そのとおりです」

「それでは、デザイナーの北川愛のほうは、どうなんだ?」

「彼女は、二つの名前を使って、金儲けのために、昭和精密機械の人型ロボットだけではなく、M・Jで荒木修が作っていた人型ロボット、マックスのデザインも、していました。それがばれてしまったら、北川愛がデザイナーとしての仕事を、失うだけではなく、やらせていた荒木修も、もちろん、批判の対象になります。そこで、荒木修は、北川愛を、殺すことを考えました。良心がとがめていた北川愛は、早川啓介が死んだことをしって、それも自分の責任だと思いこんでしまった。ですから、その言葉を書かせることは、それほど難しいことではなかったと、思うのです。そうしておいてから、荒木修は、北川愛を殺したのです。これで、早川啓介と北川愛の二人が、荒木修の思惑どおり、自殺ということになって、成功したのです」

「しかし、二人とも自殺ではないと、君はそう断定したんだな?」

「そうです」

「その理由は？」

「早川啓介の自殺にも、北川愛の自殺にも、不自然なところが、見えてきたからです。早川啓介についていえば、自殺する理由が、まったく、見当たらないのです。早川啓介は、退職した荒木修のあとを受けて、昭和精密機械で、人型ロボットの研究・開発・製造の責任者になり、それが完成して、十月には、第一号の、人型ロボットが誕生することに、なっていました。仕事が順調にいっているのに、自殺するなど、まず考えられません。早川啓介には、妹がひとりいます。障がいを、持った女性ですが、早川啓介は、彼女のことをとても、愛していて、越前にいってからも、妹のために、着物を買って、送っているのです。それを買った福井の呉服店の人にきくと、とても、楽しそうにしていた。自殺をするような人には、まったく見えなかったと、証言しています。早川啓介は、永平寺に、参詣しているのですが、この時に、若い僧侶に、永平寺のなかを案内してもらって、会話をしていますが、この僧侶も、早川啓介が自殺するようには、見えなかったと証言しているのです。越前で捜査を進めていくと、早川啓介が、東尋坊で、黒いドレスを着た若い女性と、会っていたことがわかりました。彼女は、胸にバラの花を挿して、いかにも自分を、目立たせるような格好をしていたというのです。その女性と早川啓介とが、いったい、どういう関係なのかは、初めのうちは、まったくわかりませんでしたが、早川啓介の父親、早川雄介が、この女性のことを調べて、われわれに、教えてくれました。それが、北島ゆきという大学院生で、仲間の女性十人で『十人の女の会』という小劇団を作り、芝居をやっているとわかったのです。父親の早川雄介は、その北島ゆきという女性が、四月七日に東尋坊で、息子の早川啓介が会っていた女性、つまり、黒いコートで胸にバラの花を挿していた女性に間違いないといい、私と亀井刑事に、彼女に会って、話をきいてくれるようにと頼みました」

「それで、その北島ゆきという女性に会ったわけだな?」

「そうです」

「それで、彼女は、いったい、何を話したんだ?」

「北島ゆきは、四月七日には、世田谷区民会館の市民講座で、講義をしている。それも、午後一時から三時までだった、といい、だから、東尋坊にはいっていないと、アリバイを、主張しました。しかし、私たちは、この四月七日について、調べました。すると、いつもは、ひとりで市民講座を務めている北島ゆきが、この四月七日には、手話でおこなうということで、自分は、ひと言も喋っていないということが、わかったのです。それもろうあ者に扮しているので、大きなマスクをかけて手話通訳の女性を連れてやってきて、最初から、最後までずっと、ひと言も喋らずに、帰っていったそうです。世田谷区民会館の、担当者は、あれは間違いなく、北島ゆきだといっていますが、私と亀井刑事には、どうしても、信じられませんでした。ここに、ろうあ者に扮した北島ゆきの写真を、世田谷区民会館から、借りて、持ってきています。たぶん、この写真とそっくりの女性が、北島ゆきの周辺にいるに、違いないと、確信しています。このことが証明されれば、早川啓介の自殺は、殺人ということになり、今回の事件は、解決に向かうと確信しています」

十津川が、いった。

「しかしだね」

と、三上本部長がいう。

「君の話をきいていると、一つのストーリーとしては、よくできていると思うよ。しかし、肝心の証拠が、何一つないんじゃないのかね？　荒木修が嫉妬にかられて、自分を昭和精密機械から追い出した早川啓介を、自殺に見せかけて殺した。さらに、人型ロボットのデザイナー、北川愛も殺した。君は、そういっているが、あくまでも、君の単なる推測で、確固たる証拠というものが、ないんじゃないのかね？　北島という女性のこともだ。もし、彼女が、早川啓介のことを東尋坊で、騙したとしても、彼女は、どうして、そんなことをしたのかね？　彼女の場合は、動機がわからないじゃないか？」

「それを、これから見つけ出すつもりです」

十津川が、いった。

6

十津川と亀井が、まず接触したのは、北島ゆきが所属している「十人の女の会」という小劇団の、劇団員だった。

十人とも、二十代で独身だが、職業はばらばらだった。

そのなかで、一番年上の二十八歳の女性に接触した。病院の看護師である。

十津川は、彼女に会うと、まず、

「北千住の劇場で、先日、皆さんのやった舞台を、拝見しましたよ」

と、いった。

「あれを、ご覧になったんですか？　恥ずかしいわあ。へただったでしょう？　よくいわれるんです。それじゃあ、プロにはなれないぞって」

と、いって、彼女が、笑った。

「皆さんは、職業は、いろいろのようですが、そのなかに、手話通訳のできる人は、いませんか？」

亀井が、きいた。

「ええ、手話のできる人なら、ひとりいますよ。いつか、ろうあ者のために、手話通訳ができるように、なりたいといって、勉強しているんです。何でも、親戚のなかに、ろうあ者の人がいるそうなんです」

「もしかすると、それは、この人じゃありませんか？」

十津川が、問題の写真を、見せると相手はうなずいて、

「彼女でしたら、間違いなくうちの劇団の人間ですよ。でも、いつもと違って、何だか変な顔」

「どこが変なんですか？」

「いつもの眉と、違います。あ、これ、北島さんの眉の形」

「いつもと眉の形を変えて、眉墨を、太く入れたりしているわけですか？」

「そうじゃないんです。男の人って、女性は、眉を描き足すものだと、思っていらっしゃるでしょう? 私たち女性は、眉は剃って、描いているんです。この人、いつもは、もっと、細く描くんですけど、この時は、どういうわけか、太く描いていますね。北島さんにそっくり」

「間違いありませんか?」

「何がですか?」

「北島さんに、似ているけど、本人ではないと?」

「ええ、これは絶対に、北島さんじゃありません。でも、彼女、どうして、北島さんみたいな眉に、したのかしら? もしかすると、彼女のような顔が、好みなのかしら?」

7

問題は、北島ゆきが、なぜ、早川啓介を騙して、遺書を、書かせるようなことを、したのかということである。主犯が荒木修だとしても、女が金ほしさに、こんなことはしないだろう。何しろ、相手を、死に追いやってしまうのだから。

「もう一つ、おききしたいのですが、劇団員のなかに、北島さんがいますよね？　彼女とは、いつ頃からの、つき合いですか？」

と、十津川が、きいた。

「確か二年くらい前だったかしら？　私が、若い女性だけを集めて『十人の女の会』という劇団を作ろうと思って、演劇雑誌に、劇団員募集の記事を書いてもらったんです。そうしたら、まず三人が集まってきて、そのなかに、北島さんもいたんですよ」

「それでは、二年間の、つき合いということですか？」

「ええ、でも、私は、看護師をやっているし、彼女は、大学院生だから、いつも、会っているわけじゃありません。月に何回か、みんなで一緒になって、芝居をやる。その時だけの、つき合いですから」

「それでも、二年間も、芝居をやってこられたんですから、気が合っているんじゃありませんか？」

「そうですね。この二年の間に、やめていった人も、何人もいましたから。刑事さんがいうように、彼女と私は、気が合っているのかもしれませんね」

「北島さんは、独身でしたね？」

「うちの劇団では、独身だということにしてありますから。でも、恋愛はまったくの自由です」

「北島さんには、好きな男の人が、いるんじゃありませんかね？　どうも、そんな気がするんですが」

亀井が、いうと、

「私は、彼女から直接、きいたことはないんですけど。そうだ、北島さんのことを一番よく、しっている人がいるから、彼女を、呼びましょう」

と、いってくれた。

彼女が呼んだのは、写真で北島ゆきの真似をしていたという、女性だった。

やってきて、二枚の写真を見るなり、彼女は、

「刑事さんは、どうして、この写真をお持ちなんですか？　へたな芝居ですから、恥ずかしいんです」

と、いって、笑った。

「この写真に写っているのは、あなたですか？」

十津川が、確認する。

「ええ、私です」

「どうして、四月七日に、世田谷区民会館の市民講座で、手話通訳の人と二人で、講義をしたりしたんですか？」

十津川が、きいた。

「北島さんに、頼まれたんですよ。四月七日に、市民講座で、話をしなければならない。でも、どうしても抜けられない仕事ができて、いかれなくなってしまった。楽しみに待っている皆さんをがっかりさせてはいけないので、私に代わって、いってくれないかといわれたのです。何を話していいのか、わからないというと、北島さんは、私が、手話を習っているのをしっていたので、自分に扮して、あくまでも北島ゆきとしていき、手話通訳の人と、手話を、区民の皆さんに、見せてくれればいい。何も喋る必要はないといわれて、面白いなと思って、ろうあ者の役割を演じる北島さんになりすまして、手話通訳の先生と二人で、世田谷区民会館に、いったのです」

「それが、この、写真ですか？」

「ええ、これでも、ずいぶん、苦労したんですよ。でも、ろうあ者を演じているんで、ひと言も喋らずにすみましたし、その上、大きなマスクをしていたので、区の担当者の人も、私のことを北島さんだと、思ったらしくて、最初から最後までずっと、北島さんって、呼んでいましたよ。だから、うまく、いったんじゃないかしら？」

「眉を太くしたのも、北島ゆきさんらしく、見せるためですか？」

「ええ、いろいろと北島さんの顔を研究したんです」

と、いって、相手が、楽しそうに笑った。

「北島ゆきさんのことですが、もしかして、好きな男の人がいるんじゃないか？　そう思っているのですが、北島さんから、そんな話を、きいたことは、ありませんか？」

十津川が、きくと、逆に、

「刑事さんは、北島ゆきさんのマンションにいったことが、ありますか？」

と、きかれた。

「一度だけですが、いったことがありますが」

「部屋に、大きなロボットが、置いてあったでしょう？　人間の形をしたロボット」

「いや、見ませんでしたけど」

「それじゃあ、きっと、どこかに、仕舞っちゃったんだ。でも、どうして、仕舞っちゃったんだろう？」

「北島さんの部屋には、ロボットが、あったんですか？」

「ええ、マックスという人型ロボットですよ。彼女のマンションに遊びにいった時、ロボットが置いてあったので、びっくりして、こんなもの、いったい、どうしたのって、きいたら、北島さん、答えてくれなかったけど、何だか、変な笑い方をしていました。あれはきっと、つき合っている人と、関係のあるロボットだと思いますわ」

「マックスという、ロボットなら、間違いなく、M・Jという会社が作った人型ロボットですよ」

「確か、何百万円もするような、高いものなんでしょう？　そんな高価なロボットを、北島さんが、持っていたので、びっくりしたんです。それで、どうしたの、これ、ってきいても、笑っていただけでした。ひょっとすると、M・Jという会社の社長さんといい仲で、その社長さんから、もらったのかしら？」

「M・Jという会社が、今、あなたがいわれたマックスという人型ロボットを、開発したんですが、その責任者は、荒木修という、技術者なんですよ。この名前を、北島さんから、きいたことは、ありませんか？」

「荒木修さんですか？」

「北島さんから、きいたことが、あるんですか？」

「私は、劇団には、最近になって、入ったんです。その時に、北島さんと、お互いの、携帯電話の番号を、教え合ったんです。その時、北島さんの携帯に、私が、自分の番号を入れてあげたんですけど、確か、電話のアドレス帳に、荒木という名前が、あったような気がします。アイウエオ順で、一番上にあったので覚えているんです」

「その名前があったのは、間違いありませんか？」

「断言は、できませんけど、確か、荒木という名前を、見たんですよ」

「もう一つ、北島さんのことでおききしたいのですが、現在、北島さんは、大学院生ですよね？」

「そうです」

「これといった、はっきりとした仕事は、やっていなくて、世田谷区役所で、時々市民講座で話をしている。ほかに、何か収入が、あるんでしょうか？　特別な仕事をしているというようなことを、きいて、いませんか？」

十津川が、きいた。

「そういう話は、きいたことがありません」

と、相手が、いった。

8

十津川は、M・Jの荒木修と、北島ゆきが所属している演劇集団「十人の女の会」を、監視下に置くことにした。

その一方で、十津川と亀井は、荒木修のことを、少しでもしっていると思われる人間やグループに会って、話をきくことにした。荒木修についての、情報がほしいこともあったが、荒木修に圧力をかける狙いもあった。

荒木修自身が、警察の圧力を感じて、何らかの、動きをすれば、荒木修を監視している刑事たちから、十津川に、報告が入るはずだった。

荒木修は、東京の都立物理大学を卒業している。

そこで、十津川は、荒木修の同窓生に、片っ端から、会ってみることにした。

十津川は、そのなかのひとり、島田《しまだ》武《たけし》にまず会った。島田は、現在、大手のゲーム機メーカーに勤めていて、新しいゲームの、開発を担当していた。

島田の住むマンションのなかにも、例のＭ・Ｊの作った、人型ロボット、新型マックスが置かれていた。

「これ、あなたの友人である荒木修さんが、Ｍ・Ｊで開発したマックスじゃ、ありませんか？」

十津川が、ロボットを指差しながらいうと、島田は、笑って、

「そうですよ。この間、ここに遊びにきた時、荒木が、無理やり、置いていったんです。僕が、今、開発しているゲームのなかで、何とか、このロボットを、活躍させてくれといいましてね」

「そうすると、荒木修さんとは、今でもつき合いが、あるわけですね？」

「大ありですよ。荒木は最近、Ｍ・Ｊから独立したがっているんですよ。マックスを作った同僚たちと、新会社を設立して、これからは、ロボットで、稼いでいく。そのためには、どうしても資金が必要だから、お前が作るゲーム、それも、百万本、二百万本と売れるベストセラーのゲームのなかで、何とかして、最新のマックスを、活躍させてくれ。そういっているんです」

「最新のマックスというのは？」

「Ｍ・Ｊのなかで、作るのではなくて、自分と仲間たちが立ちあげるベンチャー

企業で作るマックスですよ。うまくいけば、その新会社に金が入る。荒木は、それを、期待しているんでしょう」

「うまくいきそうですか？」

「何ともいえませんが、ただ、この世界というのは、何がヒットするか、ゲームを作っている本人でも、わからないですからね。もしかすると、大化けして、大儲けできるかもしれませんよ」

「やってみなければわからない。そういうことですか？」

「ええ、そうです」

「荒木さんが、以前、昭和精密機械で、今と同じように、人型ロボットの研究や開発をしていたことは、ご存じですか？」

「もちろん、しっていますよ。確か、そこを、やめたので、M・Jに移ったんでしょう？　荒木から、そうきいていますが」

「そのことについて、荒木さんは、何かいっていませんでしたか？」

「今は、何もいっていませんけどね。昭和精密機械を、やめた時には、ずいぶん荒れていましたね」

「自分を追い出した昭和精密機械の悪口を、いっていたんでしょうね？」

「いや、彼の場合は、ちょっと違うんですよ」

「違う？」

「会社のことは悪くいわずに、自分を追い出した男のことを、やたらに、恨んでいましたね。殺してやるとか、二度と働けないようにしてやるとか、そんなことを、盛んにわめいていたので、その男のことが、そんなに憎いのなら、ライバル会社に入って、相手よりも早く、人型ロボットを研究・開発したらいいじゃないかと、いったのです」

「その相手というのが、早川啓介だとは、いっていませんでしたか？」

「早川啓介ですか？　いや、よく覚えていないな。確か、やめた自分の代わりに、昭和精密機械で、人型ロボットを研究・開発するようになった男だとは、いっていましたけどね。名前までは覚えていませんね」

と、島田が、いった。

このあと、十津川は、島田武から荒木修の同窓生で、東京に住んでいる者はいないかどうかをきき、その名前と住所を、教えてもらい、ひとりずつ会っていくことにした。

9

荒木修を監視している刑事からは、これといった動きは、ないという、そういう報告しかこなかった。

荒木修は、いつものように、会社にいき、時には、マックスの開発に携わった同僚と一緒に、新宿《しんじゅく》で、飲んだりしているが、特に変わった様子は、見られないというのである。

一方、演劇集団「十人の女の会」の監視に当たっている、北条早苗刑事からは、

「明日から『十人の女の会』は、地方巡業に出るようです」

「あの会は、素人が集まった演劇集団だろう？　そんな素人劇団に、地方からきてくれという依頼が、あるものなのかね？」

「彼女たちが巡業するのは、地方の老人ホームや、市役所などがやっている、いわゆる教養講座なんですよ。そこからの依頼が、きているようです」

と、早苗が、いった。

「彼女たちが、どこへいくのかはわかっているのか？」

「まだそこまでは、調べていないので、わかりません」

「彼女たちが、どこを回るのか、その予定表のようなものがあるはずだ。何とかして、それを、手に入れてくれ」

その日のうちに、北条早苗刑事は「十人の女の会」の、地方巡業の予定表を手に入れて、十津川のところに持ってきた。

それによると、彼女たちは、東北から、北陸を回って、東京に帰ってくるようになっている。確かに、芝居をする舞台は、ほとんどが、地方の老人ホームや学校である。

そのなかで、十津川は、芦原温泉のホテルのなかで、二回にわたって、泊まり客のために芝居を見せる予定があることに、注目した。

十津川の推理が、正しければ、越前の海で、早川啓介を騙して、遺書を作らせ、自殺に見せかけて、死に至らしめた犯人は、北島ゆきである。

その場所に、ほかの劇団員と一緒に出かけて、芝居をするというのは、どういう心境なのだろうかと、十津川は、思った。

その芦原温泉に、彼女たちがいく予定になっているのは、八月の三、四、五日の三日間である。

「北島ゆきが、荒木修と今も、関係があるとすれば、荒木も、北島ゆきたちが、八月三日、四日、五日の三日間、芦原温泉にいくことは、しっているはずですね？」

亀井が、いった。

「荒木修が『十人の女の会』に、東北を回って、芦原温泉にもいくように、仕向けたのかもしれないぞ」

と、十津川が、いった。

「しかし、荒木個人には、そんなことは、できないでしょう？」

「北島ゆきを通じて、荒木が『十人の女の会』のスポンサーになっていれば、話は別だろう？」

「スポンサーになれば、お金がかかるんじゃありませんか？」

「相手の『十人の女の会』という劇団は、プロの演劇集団ではないんだ。プロなら、スポンサーになるためには、それなりの大金がいるかもしれないが、アマチュア集団だからね。スポンサーといっても、金額は、たかがしれているよ。それに、荒木が、会社に頼んで『十人の女の会』を広告に使いたいといって、その案が、とおったとしたら、M・Jという会社が『十人の女の会』のスポンサーに、なってくれるはずだ」

と、十津川が、いった。

「そうなると、芦原温泉にいく『十人の女の会』のなかの、北島ゆきが、危なくなってきますね。彼女が消えてしまえば、荒木修の犯罪を、立証する人間は、ひとりもいなくなりますから」

「一日目の八月三日に、われわれも、芦原温泉にいってみようじゃないか」

と、十津川が、いった。

10

八月三日、十津川と亀井は、芦原温泉のホテルにいた。

荒木修を、監視している刑事たちから、十津川に、連絡が入ってくる。

「荒木が、新型マックスの研究・開発に尽くした研究員たちに、一週間の有給休暇を、与えてほしいと、会社に頼みこんでいて、それがとおりました。明日から、研究所の所員たちが、全員、一週間の休暇を取ります。荒木が一週間の休暇を取っても、会社は、何も、文句をいいませんし、怪しまれもしません」

と、西本が、いった。

「荒木修だが、彼は間違いなく、休みを取って、越前にやってくる。君と日下刑事も、彼を尾行して、こちらにきてくれ」

十津川が、指示した。

一方、女性だけの素人の演劇集団「十人の女の会」の監視に当たっている三田村と北条早苗刑事の二人も「十人の女の会」のあとを追うようにして、芦原温泉に到着した。

これで、北島ゆきを含めた「十人の女の会」それに、一週間の、休暇を取った荒木修、それを追いかけてきた刑事も、芦原温泉に集まったことになる。

「何か起きますね」

西本が、いうのに向かって、十津川も、

「そうだ。絶対に、何かが、起きなければおかしいんだ」

「十人の女の会」は、芦原温泉のなかでも、比較的、宿泊料金が安いといわれているホテルに泊まり、荒木修は、別のホテルに泊まった。

十津川たちは、さらに別のホテルにチェックインした。

八月四日「十人の女の会」は、ホテルでの朝食のあと、近くの老人ホームに向かって、慰問公演を、おこなうために、マイクロバスで出かけていった。

荒木は、そのまま、ひとりで、越前の海を見に出かけて、ホテルに、帰ってきたのは、夕方である。

翌日五日も、午前中は何の事件も起きなかった。

ただ、その日の夕食のあと「十人の女の会」のなかで、二人の劇団員が、急に発熱して、救急車で、近くの病院に、運ばれていった。

二人のうちの片方は、北島ゆきである。

十津川はすぐ、三田村と早苗の二人を、その病院に走らせた。

(いよいよ始まった)

と、思ったからである。

病院の医師は、二人の患者について、こう答えた。

「二人とも、熱はさがっています。明日一日、入院していれば、完全に治って、仕事に復帰できますよ」

「病名は、何ですか？」

と、三田村が、きいた。

「まあ、疲れでしょうね。それに、夏風邪を引いたのかもしれません。いずれにしても、それほど、心配するような、病気じゃありません」

と、担当医が、いった。

「何か、二人が、熱を出すような、薬のようなものを、飲んだということは、考えられませんか？」

早苗が、きくと、

「そんな薬を、二人が、どうして、飲むんですか？」

医師は、逆にきいたが、その表情には、二人が、何か薬を飲んだとしてもおかしくはないといった表情が、現れていた。

そのことも、もちろん、三田村は、十津川に報告した。

間違いなく、今夜、何かが起きると、十津川は、確信した。

荒木修が泊まったホテルは、三田村刑事と北条早苗刑事の二人が担当した。二人は、管理人室に入れてもらって、荒木修の行動を、二十四時間ずっと監視していた。

しかし、荒木は、夕食を取り、ビールを一本飲んだあと、自分の部屋に入って、すぐに明かりを消してしまった。

「夕食を食べてすぐ部屋に戻り、明かりを消して寝てしまったというのは、いかにも嘘臭いな」

と、十津川が、いった。

「どうしますか?」

と、三田村刑事が、きく。

何とかして、本当に、荒木修が、部屋でおとなしく寝てしまったのかどうかを確認したい。

そこで、十津川はフロントに頼んで、東京から、荒木に電話がかかっているということにして、館内電話をかけてもらうようにと、三田村に命じた。

しかし、フロント係が、館内電話をしても、応答がないという。

次に、ルームサービスの女性に、問題の部屋を、見にいってもらったが、

「荒木さんは、部屋にはいらっしゃいません」

と、いい、日下が、そのことを、十津川にしらせてきた。

「部屋にいないのか?」

「問題の部屋の近くに、非常口があるのです。どうやら、荒木修は、そこから抜け出したようです」

と、西本が、いった。

十津川は、亀井に向かって、

「カメさん、急いで、北島ゆきが入院した病院に、いってみよう」

11

十津川と亀井が、ホテルの車を借りて、病院に急いでいる途中、十津川の携帯電話に、北条早苗からの連絡が入った。

「北島ゆきが、突然、病室から、いなくなりました」

「外に出たのか？」

「いえ、外に出たような気配は、ありません」

「その病院には、屋上があるか？」

「五階建てで、屋上も、あります」

と、早苗が、いう。

「屋上へいけ！」

と、十津川が、叫んだ。

車が病院に着くと、十津川と亀井は、エレベーターを使って、屋上に急いだ。

屋上は広く、さまざまな機械類が並んでいる。二人は、屋上に突進した。

月が出ていないので、屋上は、どんよりと暗い。

荒木を追ってきた西本の声がした。

十津川と亀井は、その声に向かって、屋上を走った。

「やめるんだ！　女をはなせ！」

西本が、叫んでいる。

その視線の先に、女を羽交い絞めにして、右手に、ナイフを持っている男が、いた。

目出し帽をかぶっているので、顔はわからない。

男の視線は、西本のほうに向いている。そこに日下もいた。反対側から近づいた十津川と亀井には、気がつかないでいる。

十津川は、目で亀井に合図を送り、いっせいに、男に、向かって飛びついていった。

次の瞬間、十津川は、左腕に激しい痛みを感じた。男の持っていたナイフが、左腕に突き刺さったのだ。

羽交い絞めにしていた男の腕が、外れたので、女は、こちらのコンクリートの上に、転がってきた。それを三田村と北条早苗が抱きあげた。

亀井が、男に飛びついて、何発も殴りつけている。

西本と日下の二人も、走ってきた。

亀井が、相変わらず、男に馬乗りになって殴り続けている。

「カメさん、もういい。やめろ。このままだと死んじゃうぞ」

十津川が、大声を出した。

亀井が、何発目かの拳を振るった時、男のかぶっていた目出し帽が、外れた。

そこにあったのは、間違いなく、荒木修の顔だった。

12

あわら警察署で、荒木修と北島ゆきの尋問が開始された。

荒木は、しばらくの間、黙秘を続けていたが、北島ゆきが、捜査本部へ匿名の手紙を送ったことも含め、何もかも喋ってくれた。

十津川は、亀井たちに、二人の尋問を頼んでおいて、ひとりで、廊下に出た。

携帯電話を取り出した。

電話をかけたのは、早川啓介の父親、雄介だった。

「今、息子さんを殺した犯人を逮捕しましたよ」

とだけ、十津川は、伝えた。


（この作品はフィクションで、作中に登場する個人、団体名など、全て架空であることを付記します。）

本書は二〇一四年六月、小学館より刊行されました。

双葉文庫

に-01-103

さらば越前海岸《えちぜんかいがん》

2022年3月13日　第1刷発行

【著者】
西村京太郎《にしむらきようたろう》

【発行者】
箕浦克史
【発行所】
株式会社双葉社
〒162-8540 東京都新宿区東五軒町3番28号
［電話］03-5261-4818（営業部）　03-5261-4831（編集部）
www.futabasha.co.jp（双葉社の書籍・コミックが買えます）
【印刷所】
大日本印刷株式会社
【製本所】
大日本印刷株式会社
【カバー印刷】
株式会社久栄社

【フォーマット・デザイン】
日下潤一

ISBN978-4-575-52546-5 C0193
Printed in Japan